古诗词遇见时令风物

GUSHICI
YUJIAN
SHILING FENGWU

杨金志 著

中国地图出版社
·北京·

图书在版编目(CIP)数据

古诗词遇见时令风物 / 杨金志著. -- 北京 : 中国地图出版社, 2024.2
ISBN 978-7-5204-3979-4

Ⅰ. ①古… Ⅱ. ①杨… Ⅲ. ①古典诗歌-诗歌欣赏-中国 Ⅳ. ①I207.2

中国国家版本馆CIP数据核字(2024)第050006号

GUSHICI YUJIAN SHILINGFENGWU
古诗词遇见时令风物

策　　划：吴　琼
责任编辑：吴　琼　宁嘉宁
编　　辑：廖　恬
复　　审：刘　鹏
封面设计：风尚境界
出版审订：张向阳
图片提供：视觉中国

出版发行	中国地图出版社	邮政编码	100054
社　　址	北京市西城区白纸坊西街3号	网　　址	www.sinomaps.com
电　　话	010-83910979	经　　销	新华书店
印　　刷	河北环京美印刷有限公司	印　　张	12.75
成品规格	185mm × 260mm		
版　　次	2024年2月第1版	印　　次	2024年9月河北第2次印刷
定　　价	98.00元		

书　　号　ISBN 978-7-5204-3979-4
审 图 号　GS 京（2024）0114号
本书中国国界线系按照中国地图出版社1989年出版的1:400万《中华人民共和国地形图》绘制
如有印装质量问题，请与我社联系调换

推荐序

认识金志兄（很多人称他为“大诗兄”）很多年了，他平日给过我许多指点。作为文化圈的新人和后辈，我一直对他十分仰慕和钦佩。

有一天，他居然谦恭而热情地邀请我为他的新书作序。“作序”这件事在我的理解中，意味着极高的信任，这忽然给我整得不知所措。我写过（更准确地说是画过）几本小书，都是些登不得大雅之堂的拙作，却让金志兄如此认可。我非常惭愧，不知道该从何写起。

还没来得及推辞，金志兄就发来了本书的全文。我迫不及待地读完，忽然又坚毅了起来，一种豁出去了的情绪充盈在内心：写就写，这么好的书，我一定要在书里占个位置。

从古至今，中国文学隽永、深刻，文人的招式之一就是寄情于物、以小见大，我们学过的所有古诗词，几乎都是这么“出招儿”的：读到“茱萸”，你能想到兄弟、想到友情；读到“梅花”，你会联想不畏强权、凌寒独自开的高洁品格；读到“荔枝”，对不起，这里没功夫让你咂嘴，因为这时候必须做好表情管理，才能神情凝重地让自己沉浸到大唐盛世的浮华之中，在那一片腐朽颓败的阴影背后，感受历史的跌宕起伏。

花不是花，是世界；叶不是叶，是菩提。文人墨客，庙堂之上的眼里全是兴衰，游于山野的心中皆郁郁。总之，一旦选择在中国当文人，你就必须深邃，必须紧绷。你可以玩物，但玩后记得写 800 字感想。

有点儿累啊。

很幸运，现在的我们可以轻松一些，因为有人会写出《古诗词遇见时令风物》这样的书。虽然它同样出自于文人之手，而且是金志兄这样的如假包换的正统文人，但它跟古人的套路恰恰相反：金志兄并不是一味地用深意捧杀可怜又疲惫的梅兰竹菊们，而是少年意气地、饶有趣味地把这些被古人“包过浆”的“玩意儿”，一个个冲洗干净，让它们清清爽爽地露出本来的样子：桑就是桑，瓜就是瓜。卸下了厚厚的精神包袱，它们变得可爱得不得了，有了斤两，有了口味，又生活又真实，我差点儿把它们从书里掏出来咬上几口。

我是一个理工男，感受意境、品味格调是我的技能“死角”，但是那些客观存在的知识对我来说是无比的诱惑，比如这书中介绍的梅，在被王安石“道德绑架”了一千年之后，终于做回了自己，它首先是一朵真正的花，是一株蔷薇科植物。金志兄从科属讲到习性，从名字聊到味道，读完令人酣畅淋漓，每个毛孔都通畅。当你不了解一个事物、却被要求去赞美它的品格时，就很像刚认识一个姑娘才五分钟，你就嚷嚷着要跟人家过一辈子一样。

同样被还原的，还有柳树、韭菜、竹子、松树、柏树，等等。金志兄按节气顺序，几乎“地毯式”地帮大家把古人最爱的“玩意儿”挨个扫了个遍，外加旁征博引，不但有物种百科，还有相关的地理、历史、文化、见闻，等等，让人大呼过瘾。

如果你听到“古诗词”就有点儿害怕，不用担心，这本书不是一本文绉绉的古诗词赏析，而是一本文理兼收、意趣盎然的风物指南。这些风物除了能寄托中国人对真善美的追求，还很有趣，很好玩，很好吃。

所以请放心，你可以轻松地读完这本书，并且下次在大家吃西瓜的时候，用一句话技惊四座：

“下咽顿除烟火气，入齿便作冰雪声。”

怎么样，一听就很有文化，对不对？

“混知”文化创始人 混子哥 / 陈磊

2024 年 1 月

自序

从“三味书屋”回到“百草园”

《从百草园到三味书屋》是鲁迅先生的散文名篇，创作于1926年，迄今已将近百年；而文章中所记叙的先生儿时情景，更是发生在一百多年前的19世纪。这一百多年来，中国和世界都发生了难以想象的变化。现如今，人们热衷于谈论元宇宙、万物互联和虚拟世界。对很多人来说，乡野田园、树木百草，离自己的生活越来越远。

对我来说，也是如此。我出生在20世纪70年代末的皖东农村，童年生活有很多美好的回忆，用如今流行的话说，这段经历也许可以治愈一生。然而，我和我的同龄人也都有着“从百草园到三味书屋”的经历。对我来说，是从小学到中学再到大学十几年的求学经历，是从农村到城镇再到大城市；即便是留在家乡的儿时伙伴，也经历了轰轰烈烈的城镇化和拆迁，我们都上楼了、上班了……童年时，我们在夏夜的竹床上乘凉，繁星满天，老一辈总是唠唠叨叨：一定要记牢自己的家乡——安徽省滁州市琅琊乡陡岗村十五里墩。不过，那个叫作十五里墩的村庄，在现实世界中早已荡然无存。在人类历史上，一个村庄的消失轻如鸿毛。随着所有对这个村庄有记忆的人离开人世，村庄也将彻底湮灭在历史的尘埃中。老实说，这也不值得我们过分伤感，因为唯一不变的是改变，绝大多数的改变确属必然。就拿我目前在上海居住的小区来说，二三十年前也是乡村。我并不知道它的名字和历史，但是，这片土地一定也寄托了一些人的乡愁。

“少无适俗韵，性本爱丘山。误落尘网中，一去三十年……暧暧远人村，依依墟里烟。狗吠深巷中，鸡鸣桑树颠”，我很喜欢陶渊明的《归园田居》，感觉说到了心坎里。也许童年记忆过于强大，它潜伏在脑海里，时不时就冒了出来。十五里墩已经回不去了，好在我们可以“脑补”一下。就让我带你一起，从“三味书屋”回到“百草园”吧：

——春天到了，最先感受到春之气息的，是各种野菜、野草。这个时候，大人会给孩子们分配一项任务——打猪草。这是一项历史悠久的农事，安徽地方戏曲黄梅戏中，就有一个名段《打猪草》。打猪草与其说是劳动，不如说是玩耍。“儿童散学归来早”，并没有“忙趁东风放纸鸢”，而是提着竹篮（如今我在一些乡村博物馆看到，这种竹篮已经被陈列起来，成为文化遗产），拿着小铲子，呼朋引伴，走向田野。我们认得各种猪草，叫得出它们的名字——但是我现在一样也想不起、叫不出了！

有一种长着卷卷的枝叶、开小紫花的藤蔓植物，花谢后会长出细长的豆荚。这是牛所爱吃的，我们就叫它“牛草”。后来我从书本上知道，它叫野豌豆，别名大巢菜，古称“薇”，就是《诗经·采薇》的主角：“采薇采薇，薇亦作止”“采薇采薇，薇亦柔止”“采薇采薇，薇亦刚止”。薇的嫩芽，大约相当于今天的豆苗（豌豆尖）吧，一定要趁着嫩的时候采摘，老了就没法吃了。

乡野里不仅有猪草、牛草，还有各种可供人类食用的野菜——长着锯齿般叶子的荠菜、细细长长的野葱、散发着浓郁香气的香椿头……

到了仲春、晚春的时候，田野上的草木品类就更加丰富。我们经常做的事情，是寻找茅针、“泼盘子”和“蔷蘼苔”。范成大《晚春田园杂兴》组诗中有一句“茅针香软渐包茸”，茅针状如袖珍的长矛，头儿尖尖，肚子饱满。剥开表皮，里面是一根纯白的芯儿，带着些许绒毛，口感香甜软糯。“泼盘子”，就是覆盆子，一种聚合果，酸甜可口；“蔷蘼苔”是野蔷薇的嫩茎，肥壮多汁，吃起来爽脆可口。关于这些，我在本书的“谷雨诗话”中有详细的讲述。

——夏天到了，大家都去钓虾。自古以来，孩子们就在夏日以钓虾为乐。杜甫在《江村》中写到，“老妻画纸为棋局，稚子敲针作钓钩”，他的孩子可以自己动手，制作钓鱼钓虾的工具。鲁迅也在《社戏》中写到“我们每天的事情大概是掘蚯蚓，掘来穿在铜丝做的小钩上，伏在河沿上去钓虾。虾是水世界里的呆子，决不惮用了自己的两个钳捧着钩尖送到嘴里去的，所以不半天便可以钓到一大碗”。我不知道迅哥儿钓的是什么品类的虾，我们所钓的是被当地叫作“海虾”的一种虾，也就是现在非常火爆的小龙虾。但不论什么虾，确实都是“水世界里的呆子”——你只需要一根竹竿、一条棉线和一条蚯蚓就能将其钓上来，连钩子都用不到。

“海虾”喜欢生活在较小的水体里——池塘、河沟、沼泽，等等。所以，我们一般会在菜园子里钓虾。因为菜园子一般都临着小水沟或小池塘，方便舀水浇菜。而且，我们也熟知，哪一座菜园子、哪一条沟里的“海虾”最多。烈日之下，拎着小铁皮桶，打开一座菜园子的小柴门，走过菜畦，来到水泥或者青石板的水埠头上，垂下棉线，你就静等“海虾”上钩吧。风乍起，吹皱一池水，微波粼粼，恍惚有在船头的感觉。

等待的过程并不枯燥，因为夏日的菜园里有最丰富的瓜果。我们眼见着洋柿子（西红柿）从青涩变为红色，摘下来擦洗擦洗，可以直接生吃；竹竿搭的瓜架上有黄瓜，还顶着黄色的小花；品类丰富一些的菜园里还有菜瓜、香瓜。一种叫作“癞葡萄”的水果，最受青睐。顾名思义，它的表皮麻麻癞癞，好像一只蛤蟆。剥开这癞癞的橙黄色表皮，里面是鲜红色的、甘甜多汁的果瓤。后来我才知道，这“癞葡萄”又叫“金铃子”，其实就是一种小苦瓜。这菜园子里的瓜果，就像《社戏》中六一公公家的罗汉豆，是小孩子的零食，不会有谁计较是谁拿去吃了。

太阳将要下山的时候，大家拎着小铁桶各自回家，“海虾”们在铁桶里打架或者乱爬。这种虾壳硬、肉粗，还有股腥气，不是主流食材，妈妈会将其剥壳、炒熟，权且充当爸爸的一个下酒菜。如果不想花功夫处理，可以直接喂鸭子。谁也没想到，若干年后，它会顶着“小龙虾”的名头，风靡全国。

——秋天到了，这是丰收的季节。大人们都很忙，他们割下稻子，铺在平坦的打谷场上。“小四轮”拖拉机突突突地乱嚷，拖着石磙子转圈圈；车手全神贯注，十分神气。到中秋前后，各家各户的稻谷大多已经脱粒、曝晒完毕，谷场上你家一堆、我家一堆。中秋之夜，大人们在谷堆上撒草木灰，写出四个大字——五谷丰登。孩子们聚集在一起，仰头望月唱道：“月亮月亮粑粑，里面住个妈妈……”长空万里，皓月不语，这是一个清凉的世界。

村里人家有栽种枣树的。当青色的大枣长出黄褐色的斑纹，我们就去看打枣。这户人家的男主人，我叫他大表哥。大表哥用一根长竹竿，往树上乱敲，枝叶和枣子簌簌落地。新鲜的枣子清脆，有一些汁水，跟干枣、蜜枣的风味大不相同。枣子是等不到熟透的，总有馋嘴而顽皮的孩子提前下手——“庭前八月梨枣熟，一日上树能千回”。但我们乡下还有一句话，是用来震慑“熊”孩子的——“上树摘枣子，下树喊老子”——因为枣树有刺。

不等成熟就要摘取的，还有柿子。这倒不是怕小孩子上树，而是怕鸟儿偷吃。青涩的柿子摘下来，放到米缸里捂若干天就能变红变软，可以吃了。这些天里，小孩子会天天去米缸里看几眼。顺便说一句，手埋在大米里的感觉非常舒服。

——冬天到了。“冬天的百草园比较的无味；雪一下，可就两样了。”这句话又说到了心坎上。在我的记忆中，结冰下雪是常有的，屋檐上是挂着冰溜子的，上冻后又解冻的道路是泥泞的，新做的棉鞋总是会踩湿踩脏、要放到煤炉上烘烤的。鸡的脚印留在雪地上，像竹叶；猫的脚印留在雪地上，像梅花。

总有人说，小时候的冬天比现在冷。我也有这种感觉。为什么呢？也许真的是天气变化非常显著，也有可能是小孩子对于冷热的感知更加敏锐吧。

当然，冬天最热闹的是在室内而不是野外。总有人说，那时候的年味足，这是毫无疑问的。过年前，家家杀猪、杀鸡、宰鹅，熬糖稀、炒炒米、做炒米糖；年三十，家家做年夜饭，给先人上坟烧纸，贴春联、贴“祠挂”（这是一种精妙的刻纸艺术，贴在门楣上就像袖珍的帘子）、贴福字，就连牛角上也贴了“六畜兴旺”的字样；新年里，我们蹬新鞋、穿新衣，走亲戚、吃酒席……

也许，十五里墩并没有消失。

杨金志/大诗兄

2024年1月

目 录

目录

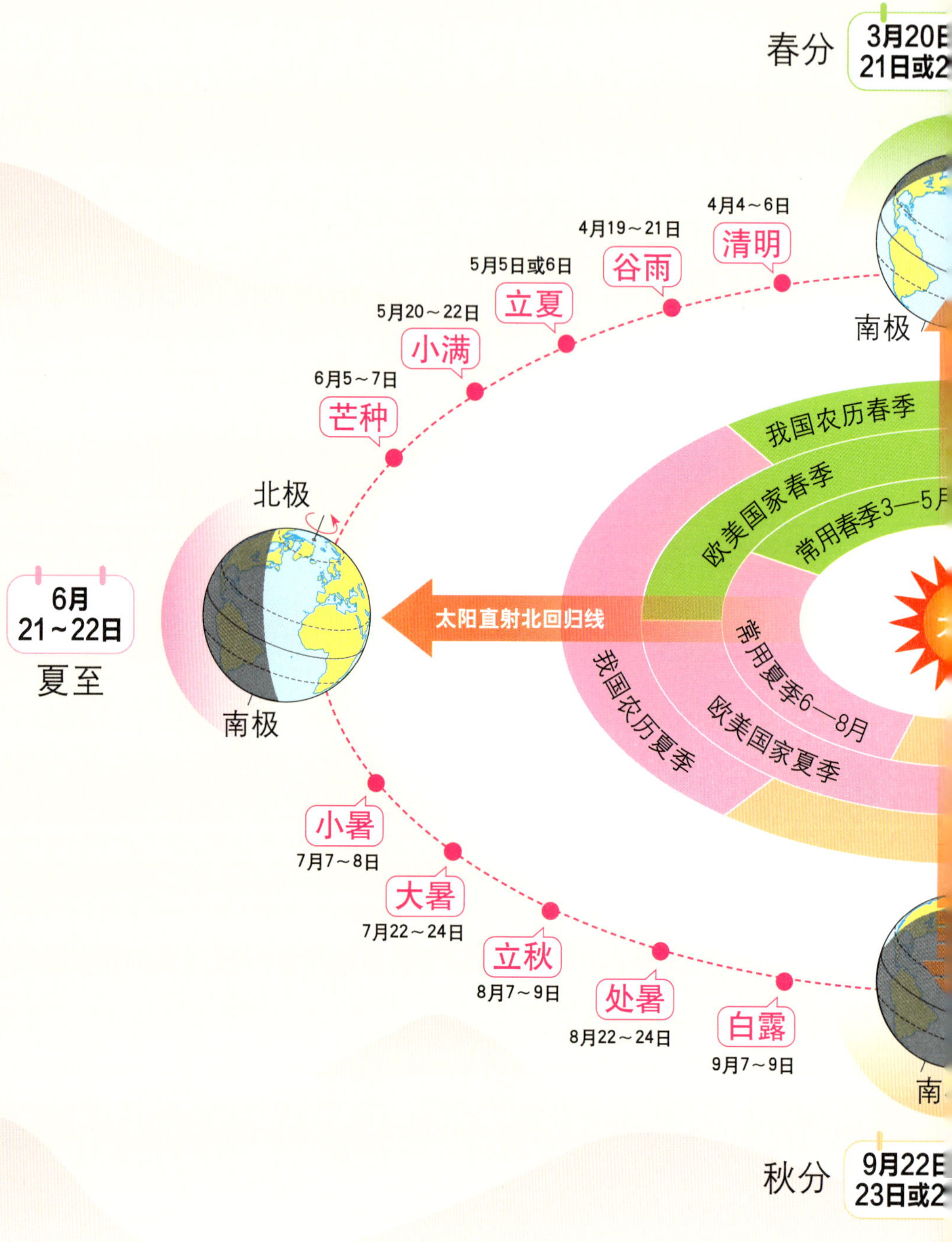

地球一直自西向东自转，同时还围绕太阳不停地公转，公转的方向也是自西向东。地球公转的轨道是一个椭圆的形状，而太阳则始终位于椭圆的一个焦点上。在公转的过程中，地球自转轴与公转轨道始终会保持66° 34′ 的交角，即

地球公转和二十四节气的划分

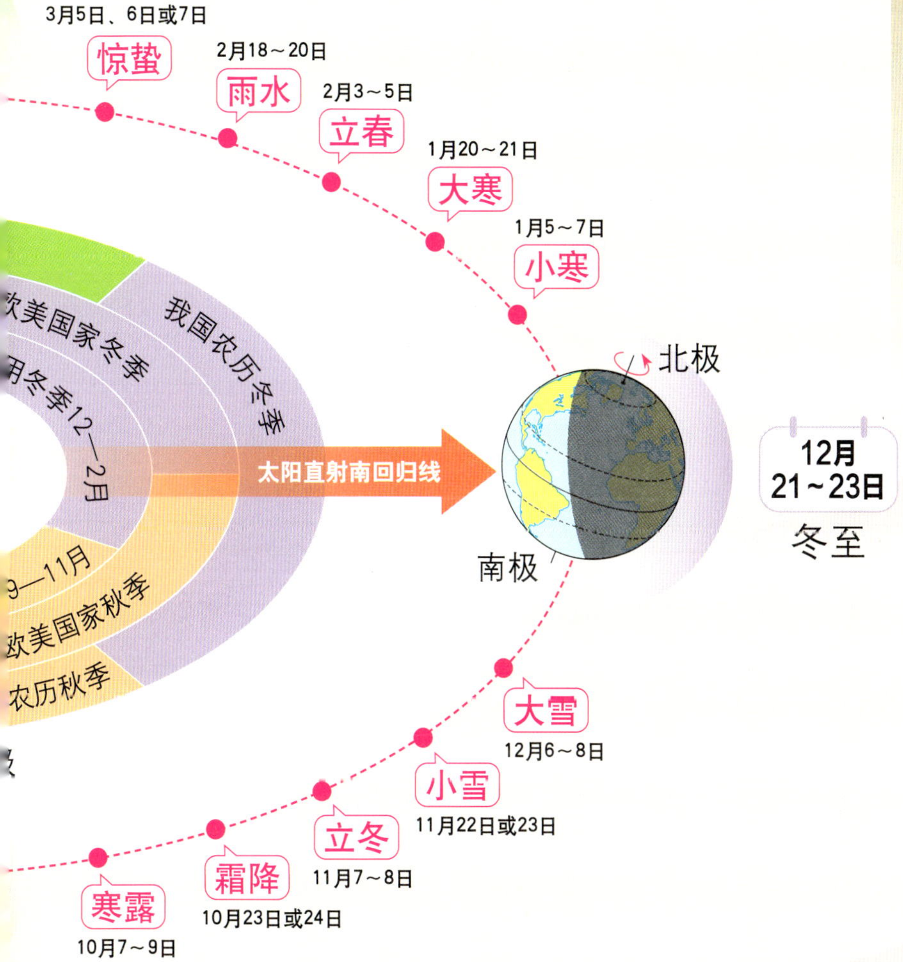

地球始终是斜着身子绕太阳公转。节气是根据地球在公转轨迹上的位置划分的，揭示了天文气象变化的规律。地球绕日一周转360°，将360°分为24份，每份就是15°。15°为一个节气，每个节气之间约15天，那么一年也被分成了二十四个节气。

从总体上来看，我国年均温分布特征表现为南高北低。由于我国地处北半球，越往北，纬度越高，接受的年太阳辐射总量越少，年均温就越低。从南北纬度方向来看，我国东北地区纬度最高，年均温也最低，年平均0℃等温线在东北的西北部地区穿过，而大兴安岭和小兴安岭的北部地区年均温都在0℃以下。我国最北端的漠河地区，年均温在-4℃以下。积温，指一年内日平均气温大于等于10℃持续期间日平均气温的总和，它反映一地气候生长期内温度的高低和热量的多少，与农作物的生长发育息息相关。

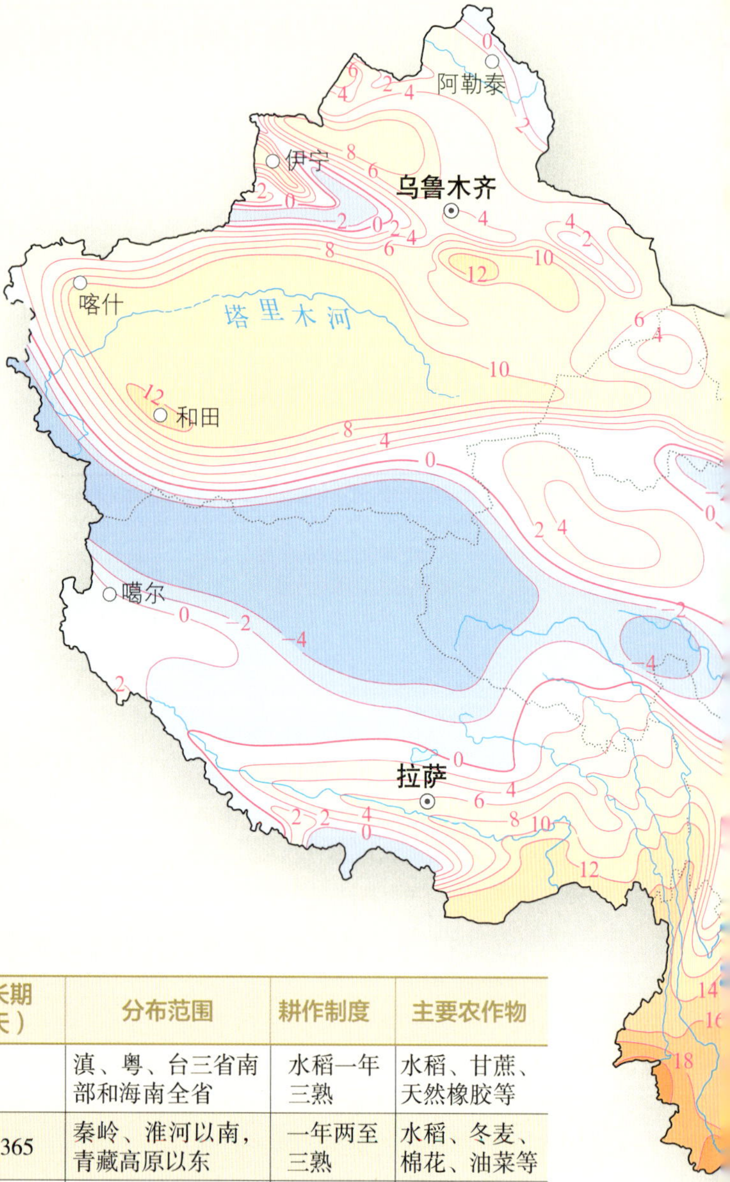

中国不同温度带的积温与耕作

温度带	积温（℃）	生长期（天）	分布范围	耕作制度	主要农作物
热带	>8 000	365	滇、粤、台三省南部和海南全省	水稻一年三熟	水稻、甘蔗、天然橡胶等
亚热带	4 500 ~ 8 000	221 ~ 365	秦岭、淮河以南，青藏高原以东	一年两至三熟	水稻、冬麦、棉花、油菜等
暖温带	3 400 ~ 4 500	171 ~ 220	黄河中下游大部分地区、新疆南部	一年一熟或两年三熟	冬麦、玉米、棉花、花生等
中温带	1 600 ~ 3 400	100 ~ 170	东北、内蒙古大部分及新疆北部	一年一熟	春麦、玉米、亚麻、大豆、甜菜等
寒温带	<1 600	<100	黑龙江省北部、内蒙古东北部	一年一熟	春麦、马铃薯等
青藏高原区	<2 000（大部分地区）	0 ~ 100	青藏高原部分地区	一年一熟	青稞等

* 青藏高原区还可以进一步划分为高原亚寒带和高原温带。

中国年平均气温分布图

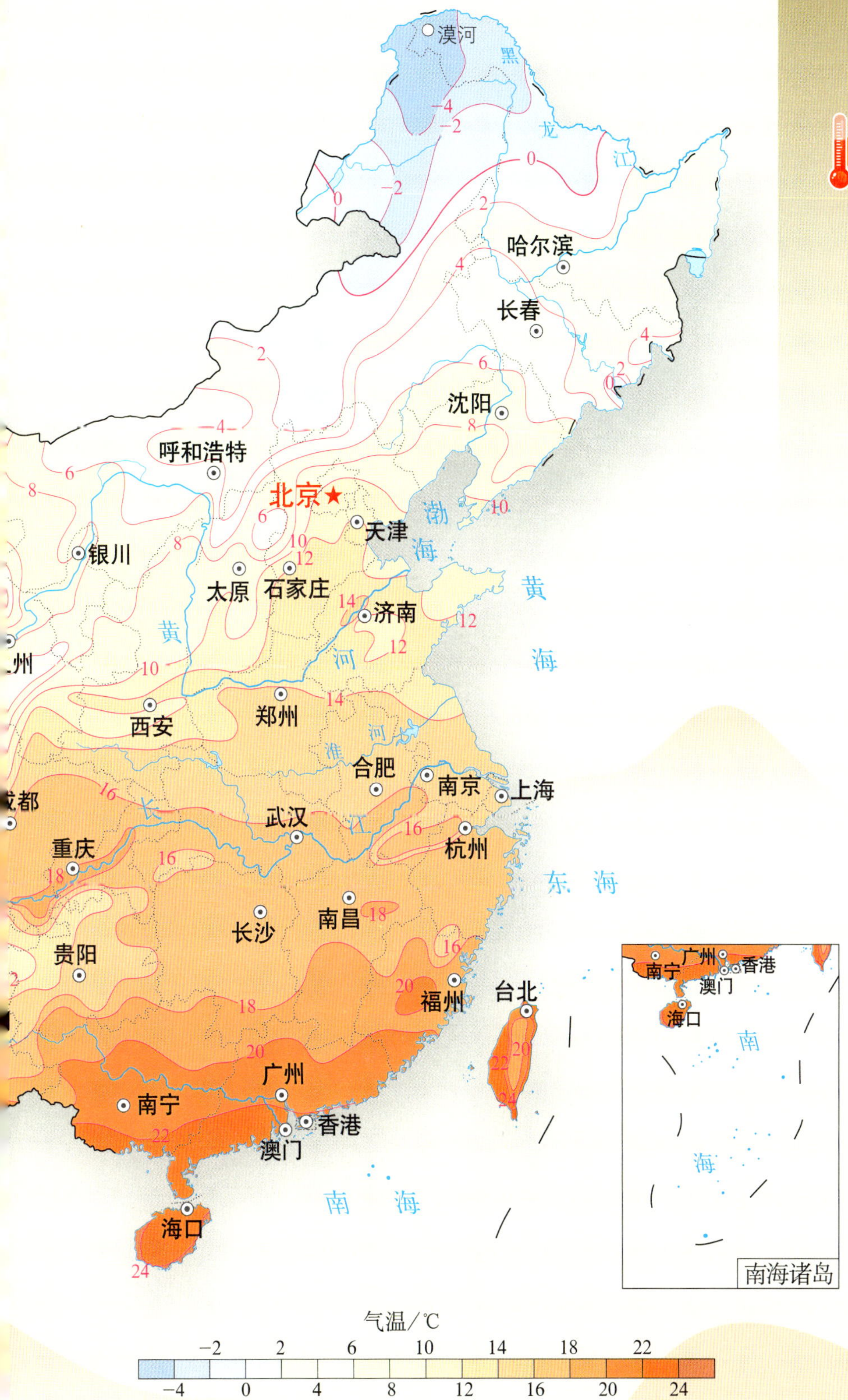
漠河
黑龙江
哈尔滨
长春
沈阳
呼和浩特
北京
天津
银川
太原
石家庄
济南
渤海
黄海
黄河
兰州
西安
郑州
淮河
合肥
南京
上海
成都
重庆
武汉
长江
杭州
东海
长沙
南昌
贵阳
福州
台北
广州
南宁
香港
澳门
海口
南海
南海诸岛
气温/℃
−4
−2
0
2
4
6
8
10
12
14
16
18
20
22
24

从中国年降水量分布图可看出：800毫米等降水量线大致在淮河北—秦岭—青藏高原东南边缘一线；400毫米等降水量线大致在大兴安岭—张家口—兰州—拉萨—喜马拉雅山脉东南端一线。塔里木盆地年降水量少于50毫米，其南部边缘的一些地区年降水量不足20毫米；吐鲁番盆地的托克逊多年平均年降水量仅5.9毫米，是中国的“旱极”。中国东南部有些地区降水量在1 600毫米以上，台湾东部山地可达3 000毫米以上，台湾东北部的火烧寮年平均降水量达6 000毫米以上，最多的年份为8 408毫米，是中国的“雨极”。

中国年降水量空间分布的规律是：从东南沿海向西北内陆递减。各地区差别很大，大致是沿海多于内陆、南方多于北方、山区多于平原、山地的暖湿空气迎风坡多于背风坡。

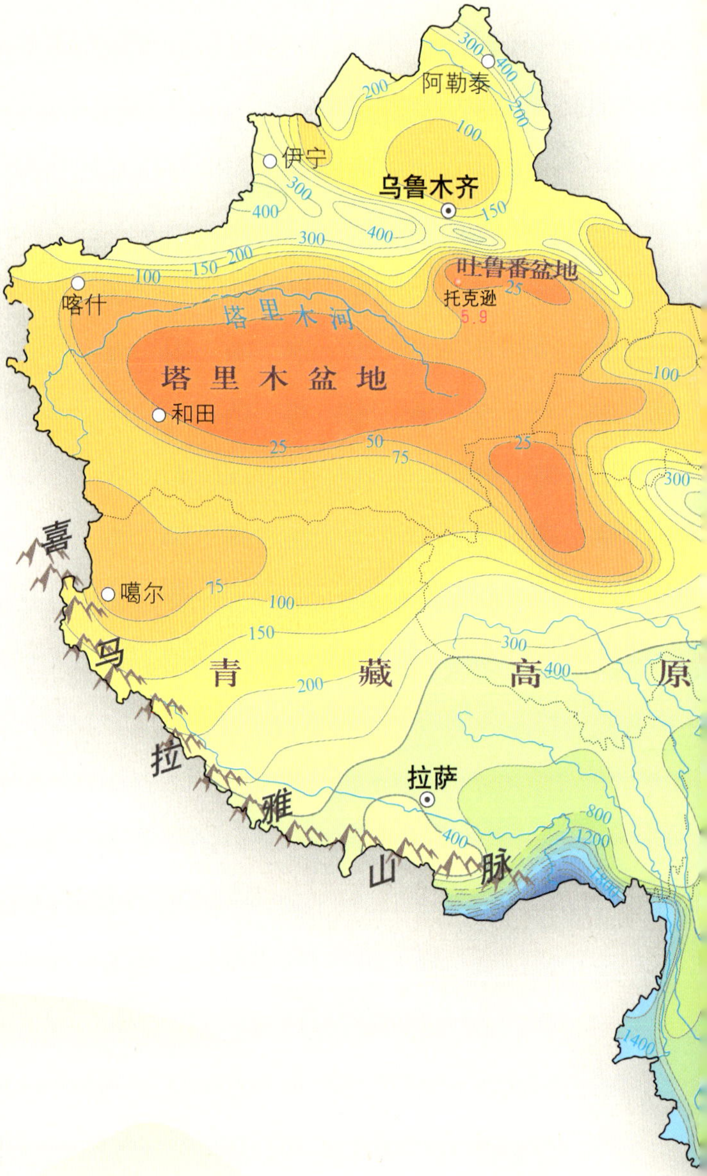

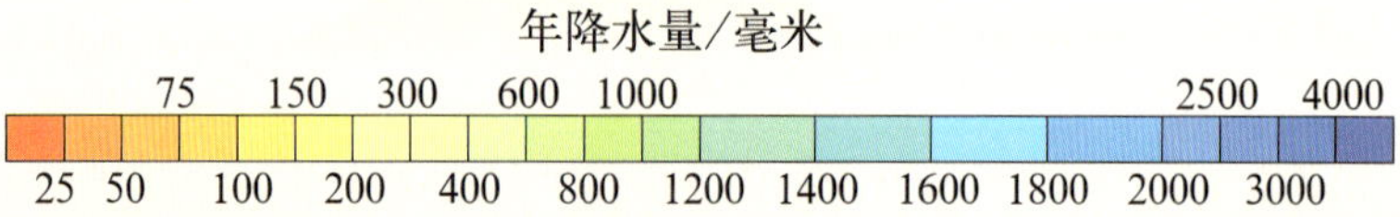

中国年降水量分布图

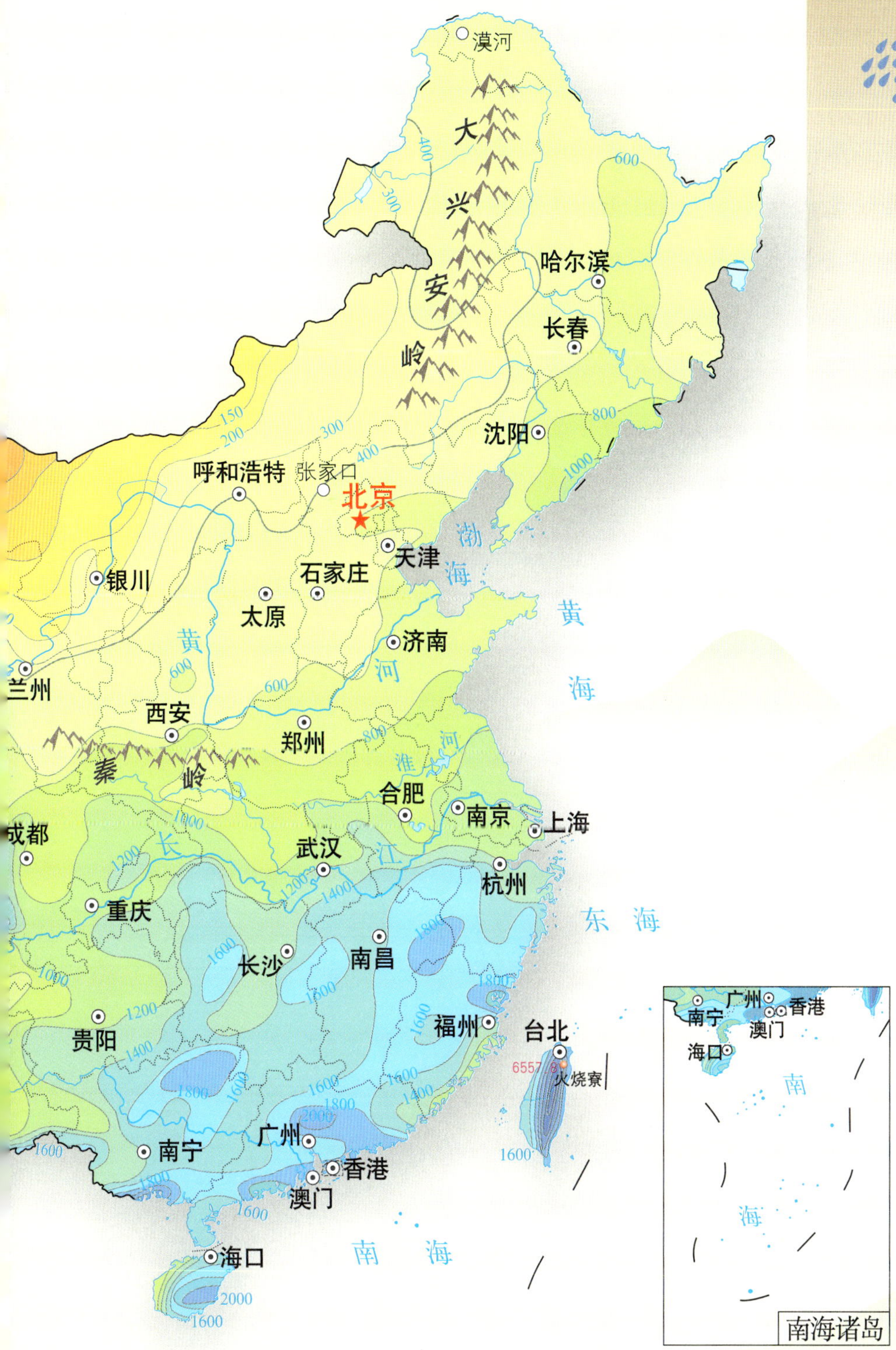

漠河
大
兴
安
岭
哈尔滨
长春
沈阳
呼和浩特
张家口
北京
天津
石家庄
银川
太原
济南
兰州
西安
郑州
秦
岭
合肥
南京
上海
成都
武汉
杭州
重庆
长沙
南昌
福州
台北
火烧寮
贵阳
南宁
广州
香港
澳门
海口
渤
海
黄
海
黄
河
淮
河
长
江
东海
南海
南海诸岛
南
海
150
200
300
400
600
800
1000
1200
1400
1600
1800
2000

中国幅员辽阔，跨纬度较广，距海远近差距较大，加之地势高低不同，地貌类型及山脉走向多样，因而气温、降水的组合差别很大，形成了多种多样的气候。从气候类型上看，东部属季风气候（又可分为热带季风气候、亚热带季风气候和温带季风气候），西北部属温带大陆性气候，青藏高原属高原山地气候。从温度带划分看，有热带、亚热带、暖温带、中温带、寒温带和青藏高原区。从干湿地区划分看，有湿润地区、半湿润地区、半干旱地区、干旱地区之分。而且同一个温度带内，可含有不同的干湿区；同一个干湿地区中又含有不同的温度带。因此在相同的气候类型中，也会有热量与干湿程度的差异。地形的复杂多样，也使气候更具复杂多样性。

中国的气候具有夏季高温多雨、冬季寒冷少雨、高温期与多雨期一致的季风气候特征。由于中国位于世界最大的大陆——亚欧大陆东部，又在世界最大的大洋——太平洋西岸，西南距印度洋也较近，因而气候受大陆、大洋的影响非常显著。冬季盛行从大陆吹向海洋的偏北风，夏季盛行从海洋吹向陆地的偏南风。冬季风产生于亚洲内陆，性质寒冷、干燥，在其影响下，中国大部分地区冬季普遍降水少、气温低，北方更为突出。夏季风来自东南面的太平洋和西南面的印度洋，性质温暖、湿润，在其影响下，降水普遍增多，“雨热同季”。中国受冬、夏季风交替影响的地区广，是世界上季风最典型、季风气候最显著的地区。和世界同纬度的其他地区相比，中国冬季气温偏低，而夏季气温又偏高，气温年较差较大，降水集中于夏季，这些又是大陆性气候的特征。因此中国的季风气候大陆性较强，也被称为大陆性季风气候。

中国气候类型分布图

120°
50°
130°
哈尔滨
100°
110°
呼和浩特
北京
渤
海
黄
海
黄
河
上海
武汉
长
江
30°
东 海
明
广州
海口
20°
南 海
广州
20°
海口
南
10°
海
120°
110°
南海诸岛

立春诗话

江南无所有，聊赠一枝春

从现在开始，我们要以二十四节气的时间经纬，来一一讲述时令风物。

立春，是二十四节气之首。每年春节前后，立春一般也就到来了，通常是在公历的 2 月 3 ~ 5 日，太阳黄经到达 315° 时。

节气意义上的“立”，是开始的意思。立春时节依然是冬天，但是，春天的脚步已经越来越近，我们即将迎来又一个生机盎然的季节。事实上，自然界的变化，几乎没有哪一样是在某一分某一秒突然发生的，它总是不徐不疾、稳稳当当，但大势所趋、不可阻挡。

立春时节，哪一种草木可以代表中国人和中华文化的气蕴，可以提振亿兆斯民一整年的精气神？

墙角数枝梅，凌寒独自开。此时，在中国的大部分地区，冬之萧瑟依然包裹着大地山川。只有不畏严寒、独立傲放的梅花，能够为立春“代言”。这绝不是我一个人的判断，而是中国人长期以来形成的共识。梅花，也不仅仅是一个节气、一个时令的象征，很多人认为，它代表了中华文明的一种精神，“岁寒三友”松、竹、梅也好，“四君子”梅、兰、竹、菊也好，都有它的一席之地。

梅，是“蔷薇”

在整个春天，梅花牢牢地扮演着“花魁”的角色，吸引着人们的目光。在植物学上，梅花属于蔷薇科。从深冬、早春时节的梅花，到春天的桃、李、杏、梨、樱、海棠，以及初夏的丛丛蔷薇，还有几乎月月开花的月季，甚至夏初结果实却在隆冬时节开花的枇杷，都属于蔷薇科。你看，这是一个何等庞大的家族啊。

据《辞海》解释，蔷薇科属双子叶植物纲，一般为草本、灌木或乔木，有刺或无刺，有时攀缘状；花两性，辐射对称；花萼常 5 裂，偶 4 裂，下部连合；花瓣常 5 枚，偶 4 枚，或缺；雄蕊常多枚；果实为核果、梨果、瘦果、浆果或蓇葖果；有 95 ~ 125 属，3 300 余种，广布于全球，但以温带居多。中国约有 55 属，1 000 余种，各地均产。蔷薇科包括许多著名的果树和花木。

虽然有诸多科学术语，但我们仿佛已经看到典型的蔷薇科花果的模样：花开五瓣，花蕊众多，果实饱满，酸甜多汁……

我们再具体看梅。《辞海》上是这么解释的：梅，蔷薇科。落叶乔木。叶卵形或广卵形，有细锐锯齿；花无梗或具短梗，每节 1 ~ 2 朵，原种淡粉红色或白色，栽培品种有紫红、彩斑及淡黄色，有芳香，冬季或早春先叶开放。核果近球形，未熟时为青色，成熟时一般呈黄色，味极酸。原产中国，多分布于长江以南各地。花供观赏，品种甚多。杭州、苏州、南京为中国著名赏梅胜地。

这段话包含着很多的信息量：

其一，有一个常识经常被我们忽略：梅花和梅子是同一种植物的花果，只是有一些观赏梅不结果。这一点，正如樱花和樱桃的关系。我们此时欣赏的梅花，是早春的象征；再过几个月，就是挂满枝头、饱满而多汁的梅子。而在文明的早期，中国人对于梅子的关注，更甚于梅花。最早的诗歌总集《诗经》中就有一则描述梅子的诗篇《摽有梅》："摽有梅，其实七兮。求我庶士，迨其吉兮。"

其二，梅原产中国，而江南之地尤多。从古至今，杭州西湖孤山、苏州香雪海、南京梅花山等地，都是赏梅的胜地。这其中，"香雪海"的名字又极为传神，请你想象一下，梅花盛开，满山满谷，香气充盈，满眼雪白，真是如梦境般的一片花海。事实上，以梅花为代表的蔷薇科植物总是如此：每一朵精致的花朵都耐人欣赏，而一整片花海更是令人心醉。

梅，是寄托

科普完毕，我们现在来看看古典诗词。

前面已经讲到，江南多梅花，我们就从江南的梅花讲起：

赠范晔

南北朝　陆凯

折花逢驿使，寄与陇头人。
江南无所有，聊赠一枝春。

这是一首很有名的咏梅诗。这首诗的第一句，也写作"折梅逢驿使"。显然，梅花是这首诗的主线，是诗人情感的寄托。

然而，有趣的是，关于这首诗的作者和赠予对象，是文学史上的一笔“糊涂账”。在长达数百年的南北朝历史上，出现过不止一个范晔、不止一个陆凯，有的生卒年份、活动范围根本对不上。比较主流的说法认为，这里的范晔和陆凯是南朝刘宋时代的人。

南朝定都建康，又称金陵，也就是今天的南京。金陵梅花，美了一千多年。江南早春，城外早梅绽放，雪白、粉红、梅红，染遍座座山冈。

陆凯折花，交予驿使，嘱咐快马加鞭，一定要送到范晔的手上。驿使是那个年代最为迅捷的“加急快递”，但真要做到鲜花直送，是几无可能的。陆凯真的是在难为驿使吗？并不是。这束梅花最后成了什么样子，有没有送到范晔手上，都是其次。他只是想告诉好朋友一声：江南的春天到了，送你一枝梅花，就是送你整个春天，请你跟我一起“云赏”春色吧！

梅，寄托着人们的情感。这种情感，可以是友情，也可以是乡情：

杂诗三首·其二

唐　王维

君自故乡来，应知故乡事。
来日绮窗前，寒梅著花未？

王维的家乡在河东蒲州，就是今天的山西永济一带，此地位于黄河东岸，隔黄河与关中平原相望。对于家乡和亲人，王维始终有一种赤子般的眷念。重阳时节，

他说："独在异乡为异客，每逢佳节倍思亲。"新年将至，一位乡亲从家乡来到长安，他拉住人家，事无巨细，一一"盘问"："来日绮窗前，寒梅著花未？"

不论在外漂泊多久，王维永远记得：儿时的小庭院，院中有一株梅花树。每年寒尽春来，坐在雕花窗前读书的他，一抬头就能看见朵朵红梅绽放，听见喜鹊在树梢鸣叫。玩伴躲在窗下，猛地伸出一颗脑袋，招手叫他出来玩耍。小王维的心思，早就飞到了雪地上，盘算着堆雪人、打雪仗……

"君自故乡来，应知故乡事"，故乡的孩子们，如今还玩我们小时候玩过的游戏吗？

梅，是意境

苏轼曾经说过："宁可食无肉，不可居无竹。"植物对于意境的营造，可见一斑。而在这一点上，梅花丝毫不逊于竹子。

山园小梅

宋　林逋

众芳摇落独暄妍，占尽风情向小园。
疏影横斜水清浅，暗香浮动月黄昏。
霜禽欲下先偷眼，粉蝶如知合断魂。
幸有微吟可相狎，不须檀板共金樽。

林逋是一位隐士。他隐居在人间天堂杭州，种了梅树，养了仙鹤，号称“梅妻鹤子”。直到今天，你去杭州西湖孤山，还会在一处幽静的所在发现“放鹤亭”，亭四周栽种着梅树——这就是林逋当年的隐居地。

“众芳摇落独暄妍，占尽风情向小园”，是一种孤芳自赏——谁让人家住在孤山上呢。众芳，是你们开放的时候，而我梅花偏不声不响；就要选你们都凋萎零落的时候，我独自享受这清凉世界。

“疏影横斜水清浅，暗香浮动月黄昏”，让我们想象一下：明月刚刚升起，暮色笼罩，屋外很冷。月朦胧，鸟朦胧。几枝稀疏的花影映在白粉墙上，在风的吹拂下轻轻颤动。“暗香浮动”，清香缕缕，令人陶醉。

还有一首梅花诗，同王维的《杂诗》一样，几乎是所有中国人的记忆：

梅花

宋　王安石

墙角数枝梅，凌寒独自开。
遥知不是雪，为有暗香来。

看到这首诗，我总想到这样的场景：一座小园林，有着曲曲折折的长廊，粉白的墙。墙角生长着两三株细瘦的红梅树，枝杈上结满红豆般大小的花苞，花瓣包裹紧致、充满张力。几朵早发的小花，已经在悄悄地吐蕊。花朵上覆盖着将化未化的雪，白而晶莹，梅花和雪，相得益彰。

梅花就是这样，它安安静静地等待着，冲破严寒静静开放。暗香浮动，不畏寒，不从众。这种低调，才是格调。

最后，再介绍辛弃疾的一首词：

临江仙·探梅

宋　辛弃疾

老去惜花心已懒，爱梅犹绕江村。
一枝先破玉溪春。更无花态度，全有雪精神。

剩向空山餐秀色，为渠著句清新。
竹根流水带溪云。醉中浑不记，归路月黄昏。

“更无花态度，全有雪精神。”我最喜欢的就是这一句，干净利落，斩钉截铁。

梅花的这种气质，其实也是辛弃疾的气质。与其说他是文人，不如说是老将。从年轻时期带领义军冲杀，到中年以后落职闲居，他始终用一个热血军人的标准来要求自己。写作这首词的时候，辛弃疾赋闲在乡下多年，看惯田园风光，对百花已经“无感”。唯独对梅花，只因“一枝先破玉溪春”，走遍全村也要找到它。老将与梅花，伫立雪中，互相欣赏。

雨水诗话

人间有味是清欢

雨水，是春天的第二个节气，在每年公历2月18～20日，太阳到达黄经330°时。《月令七十二候集解》上说："雨水，正月中。天一生水，春始属木，然生木者必水也，故立春后继之雨水。且东风既解冻，则散而为雨水矣。"大意是说，春天草木生长，需要雨水，此时气温回升，冰雪融化，降水增多，所以这个节气叫作雨水。

"好雨知时节，当春乃发生"。春夜喜雨之后，我们能看到的不仅是各种花儿，还有各种野草。不知不觉间，野草从土壤里、湿地里、砖缝里、瓦楞间，顽强地钻了出来，渐渐地染绿了大地。而在向来重视草木的中国，很多野草被无数"神农"尝试，最终成为我们口中所说的"野菜"。

在中国最早的诗歌总集《诗经》中，采摘野菜的场景非常多。在那个年代，野菜是很重要的食物来源。后来，尽管人类的饮食逐渐丰富，但采摘和食用野菜的习惯，已经沉淀在我们的基因里。

而在诗人的笔下，"野菜"还有更加诗意的表达：

风物一

蒌蒿满地芦芽短

我们看苏东坡的诗：

惠崇春江晚景

宋　苏轼

竹外桃花三两枝，春江水暖鸭先知。
蒌蒿满地芦芽短，正是河豚欲上时。

“蒌蒿满地芦芽短，正是河豚欲上时”，论吃，你再怎么努力，也达不到苏东坡的高度；你能想到的，他全都想到了。而更加厉害的是，写作这首诗时，苏东坡其实并没有见到实景，而是在欣赏前人惠崇和尚的一幅画时强力“脑补”的。惠崇是宋初著名画僧，他留下的画作在宋朝很受尊崇。

蒌蒿，主要产自长江中下游地区，绿茎绿叶，清新淡雅，鲜嫩的蒌蒿能掐出水来，有一股自然的蒿草清香。春节前后，江苏、安徽、江西、湖北等地，都有吃蒌蒿的习惯。我仍然记得在皖东老家，每年春节期间，都可以吃到热气腾腾的蒌蒿炒香干。这盘菜翠绿鲜嫩，在一桌大鱼大肉中“特立独行”、沁人心脾。作为时令蔬菜，自然生长的蒌蒿上市时间不长。过了清明，蒌蒿就老了，茎里全是筋络——不时不食，要吃趁早。

蒌蒿的做法很简单，可以清炒，也可以搭配香干、腊肉。炒蒌蒿，关键在于火候，生一点没关系，清脆多汁；稍微过火，就软塌塌没了嚼头。各种蔬菜里，我偏爱蒌蒿到溺爱的程度，因为这里面有我的乡愁。

至于“芦芽”，就是芦苇的嫩根，它白嫩多汁，还有点甜。也许，在古人看来，这是一道纯天然的餐后甜品吧。河豚，也是长江中下游地区常见的。每年春季，它们从大海洄游入江，人们能近距离地见到它们。

风物二

春在溪头荠菜花

我们接下来说另一种野菜：

鹧鸪天·代人赋

宋　辛弃疾

陌上柔桑破嫩芽，东邻蚕种已生些。
平冈细草鸣黄犊，斜日寒林点暮鸦。

山远近，路横斜，青旗沽酒有人家。
城中桃李愁风雨，春在溪头荠菜花。

雨水节气，万物萌发，目不暇接。你不妨数一数，这一首词里，罗列了多少动物和植物？柔桑、蚕种、黄犊、暮鸦、桃李、荠菜花……它充分体现了生物的多样性！而辛弃疾最想要说的是——“春在溪头荠菜花”。

其实，当你发现荠菜开花时，它已经老得没法食用了。不过，开花的荠菜，躲过了人们的舌尖，却给人们带来了一场视觉的“盛宴”：它的花儿小小的、白白的，米粒一般，一簇一簇，没有人栽种侍弄，没有人施肥浇水，就在这早春的原野上左一棵，右一群，野蛮生长，肆意开放。荠菜开花后，结出小小的、三角形的果实，有次序地排列在茎干上，别有一种令人怜爱的美。

风物三

夜雨剪春韭，新炊间黄粱

“人间有味是清欢”，这并不是说野菜寡淡无味。相反，很多野菜是用它们特殊的气味来吸引人们。譬如，生于水田湿地的水芹，特殊的香气让它成为各种春卷食材中的“卷王”；而香椿树的嫩芽香椿头，也是凭借浓烈的香气成为价格不菲的珍馐；野葱在地下的鳞茎只有花生米那么大，却有着比大葱、小葱更加浓烈的香气……

然而，香气界的“顶流”，被写在下面这首诗里：

赠卫八处士

唐　杜甫

人生不相见，动如参与商。
今夕复何夕，共此灯烛光。
少壮能几时，鬓发各已苍。
访旧半为鬼，惊呼热中肠。
焉知二十载，重上君子堂。
昔别君未婚，儿女忽成行。
怡然敬父执，问我来何方。
问答乃未已，驱儿罗酒浆。

夜雨剪春韭，新炊间黄粱。
主称会面难，一举累十觞。
十觞亦不醉，感子故意长。
明日隔山岳，世事两茫茫。

杜甫跟卫八处士，一对长别二十多年的朋友，一朝相见，感慨万千。到底有什么能承载得起这重逢的喜悦，能宽慰这历经沧桑的心灵？是“夜雨剪春韭，新炊间黄粱”，是拿出家中最好的饭菜和美酒，好好款待老朋友一番。

“黄粱”，是上好的小米。“春韭”，可以是韭黄，也可以是韭菜：每年春节前后，一道韭黄炒鸡蛋，与蒌蒿炒香干一起，都是节日大餐里的小菜。开春之后，鲜绿的韭菜上市，可以用来炒鸡蛋、炒螺蛳，或者清炒。而食用春韭的最高境界，是将韭菜做成看似朴实无华的韭菜合子，引起久久回味。

惊蛰诗话

二月春风似剪刀

惊蛰是春天的第三个节气，在每年公历 3 月 5 日、6 日或 7 日、太阳到达黄经 345° 时。

如何理解惊蛰节气？这很好办：就是一个“惊”字，一个“蛰”字。所谓“惊”，指天气转暖，渐有春雷，惊醒万物。所谓“蛰”，指动物冬眠。惊蛰之前，虽然已是春天，很多动物依然还在潜伏，比如熊、蝙蝠、青蛙、蛇以及各种虫类，它们不饮不食，蓄势待发。春雷一声响，万物复苏始，是为惊蛰。

风物一

微雨众卉新，一雷惊蛰始

有关惊蛰的古诗词很多，首先想跟大家推荐的，是唐朝诗人韦应物的《观田家》：

观田家

唐　韦应物

微雨众卉新，一雷惊蛰始。
田家几日闲，耕种从此起。
丁壮俱在野，场圃亦就理。
归来景常晏，饮犊西涧水。
饥劬不自苦，膏泽且为喜。
仓廪无宿储，徭役犹未已。
方惭不耕者，禄食出闾里。

我对韦应物这位诗人很有亲近感，因为他一生中最为有名的诗歌，是任滁州刺史时创作的《滁州西涧》，“春潮带雨晚来急，野渡无人舟自横”，多么幽美静谧的山水景象！而滁州，正是我的家乡。此地依山傍水，溪水从城西的琅琊山中潺潺流出，故称西涧。

这首《观田家》，也是他在滁州时创作的。“微雨众卉新，一雷惊蛰始。田家几日闲，耕种从此起。”微雨与春雷，不仅惊醒了各种动物、植物，也仿佛叫醒了蛰伏一冬的农人，吹响了耕种天地的“号角”。世间万物，抖擞精神。此时的乡野，是“丁壮俱在野，场圃亦就理”，到处是劳作的农人，他们勤劳而健美，播种谷物和蔬菜，整理田地、菜畦、谷场和庭院。“归来景常晏，饮犊西涧水”，日暮时分，农人归家，牵着牛犊在西涧中饮水。

“饥劬不自苦，膏泽且为喜。仓廪无宿储，徭役犹未已。方惭不耕者，禄食出闾里。”农家虽然经历过饥荒，粮囤里没有多少余粮，徭役赋税也不轻松，但只要看到春雨滋润大地，就感到有希望、有盼头。他们是多么的温和善良、乐观向上！看到这些景象，韦应物不由得感到惭愧：老百姓才是真正的衣食父母啊！

关于惊蛰，我还想推荐清朝诗人张维屏的《新雷》：

新雷

清　张维屏

造物无言却有情，每于寒尽觉春生。
千红万紫安排著，只待新雷第一声。

这首诗浅显易懂，生动活泼。“造物无言却有情，每于寒尽觉春生”，诗人用移情手法，赋予大自然以人的情感和思维。大自然就是这样的存在，它看似沉默寡言，其实把一切都安排得妥妥当当；它看似没有感情，其实有好生大德，寒尽春来，四季轮回，从不失约。

“千红万紫安排著，只待新雷第一声”，此时一切都在空寂之中，一切都已准备停当，只等待一个临界值、爆发点。霹雳一声惊雷，大地万紫千红，处处鸟飞鱼跃。谁说“造物无言”？大自然有自己的语言。它的语言，就是阵阵春雷。你，听明白了吗？

风物二

碧玉妆成一树高，万条垂下绿丝绦

惊蛰节气的代表性草木，应该是什么呢？

咏柳

唐　贺知章

碧玉妆成一树高，万条垂下绿丝绦。
不知细叶谁裁出，二月春风似剪刀。

二月是什么？“二月春风似剪刀”。早春二月，杨柳依依，“碧玉妆成一树高”，杨柳之美，就在于它虽是高大乔木，却又婀娜多姿。一棵柳树就像一整块碧玉，在春日阳光下散发出温润的光泽。

中国人所说的“杨柳”，很多时候特指柳树，特别是垂柳。千万根柳条在春风中荡漾，像一根根绿色的丝线，像最时尚的流苏装饰。狭长的柳叶，就像用刀剪裁出来一样齐整——二月的春风，就是造物主的剪刀。

趁着二月的春风，孩子们用柳条编织出绿色的花环，这是孩子们的“王冠”，也是他们的“野战伪装”。

柳为嘉木，形象高大美丽、赏心悦目。它总是在早春二月萌发，给人带来生机勃勃的感觉。中国人喜爱柳，还有另一层含义。在中国传统文化中，柳，正象征着“留”——玩“谐音梗”，在中国也是历史悠久的。

很早以前，中国古人就用柳来表达留恋、留客之意。这个也许要上溯到《诗经》。《诗经·小雅·采薇》中写道：“昔我往矣，杨柳依依；今我来思，雨雪霏霏。”《采薇》，表达了游子思念故乡、思念亲人的主题。

而把早春杨柳的生机盎然，与杨柳的“留”巧妙地融合在一起，莫过于王维的这首诗：

送元二使安西

唐　王维

渭城朝雨浥轻尘，客舍青青柳色新。
劝君更尽一杯酒，西出阳关无故人。

安西，就是唐朝的安西都护府。王维的朋友元二即将去安西任职，这是一段遥远的路途，因为安西远在阳关之外。于是，王维和朋友们，相约来到长安附近的渭城（今陕西咸阳），相送元二。

清晨的细雨，打在大道的尘土上，出现了一个个斑驳的圆点，扬起了细细的灰尘，空气中有一种淡淡的土腥气。渭城客栈的黑瓦，泛出青苔的颜色。用来系马的垂柳，似乎是一位老朋友，它的年轮又增长了一圈吧？早春二月，这柳树再次发出黄绿色的新芽。这些岁月里，它见证了多少相送和离别！

风物三

木末芙蓉花，山中发红萼

我们来说另一种惊蛰时节的代表性草木：

辛夷坞

唐　王维

木末芙蓉花，山中发红萼。
涧户寂无人，纷纷开且落。

《辛夷坞》为《辋川集》诗二十首之一。王维隐居在终南山的辋川村，此地有一个无人问津的山谷，名叫辛夷坞。“木末芙蓉花，山中发红萼”，长在高大树木上的“芙蓉”花，有着紫红色的花萼和花瓣，这就是辛夷花。

何谓辛夷？辛夷是玉兰的一种，花朵外面紫红色。它还有很多别名：木笔，因为花苞的形状、细细的绒毛就像毛笔的笔尖；望春，这个名字的寓意跟迎春花类似，指它在早春开放，像春天的使者；至于“辛夷”这个名称，大多出现在中药典籍里，因为它有一种淡苦的香气（辛），可治疗多种疾病。

玉兰不止辛夷一个品种，除此以外，还有白玉兰、黄玉兰、紫玉兰。玉兰高大挺拔，满枝花朵宛如一群振翅欲飞的鸽子，仪态万方，馥郁芳香，它们是早春的一股清流。

中国人是喜欢玉兰花的。你看，古往今来有多少女子名叫“玉兰”呀。千万不要觉得“土”，“玉兰”是极其清新脱俗的字眼。

寂静山谷，山涧潺潺，辛夷花开，绝世独立。你来或者不来，它就是这样自开自落，不为任何人守候。

风物四

苔花如米小，也学牡丹开

杨柳和玉兰，都是木本植物，高大而醒目，需要我们去仰视。其实，惊蛰时节，当你俯视大地，索性“低到尘埃里”，仍然会有许多令人心动的发现：

苔

清　袁枚

白日不到处，青春恰自来。
苔花如米小，也学牡丹开。

“苔花如米小”，但在中国古诗文里，苔藓是“常客”。比如刘禹锡《陋室铭》里的“苔痕上阶绿，草色入帘青”；王维《鹿柴》里的“返景入深林，复照青苔上”；李白《长干行》里的“门前迟行迹，一一生绿苔”。

诗人们为什么喜欢苔藓？首先，它的生命力很强。“白日不到处，青春恰自来”，太阳照不到的地方，很多植物没法生长，但是苔藓可以。事实上，在植被分类上，除了我们熟知的热带雨林、亚热带常绿阔叶林、温带落叶阔叶林等，还有一个苔原带，是那些高纬度、高海拔的“生命禁区”。在那里，只有苔藓可以生存。

苔藓并非没有弱点。它的致命弱点是对空气质量的要求很高，在空气污染严重的地方无法生存。所以，苔藓也是一种重要的空气污染监测植物。其实，这个“弱点”也恰恰说明苔藓是一种相当“洁身自好”的植物。

其次，苔藓很“自信”。我这里打了一个引号，是因为苔藓本身并没有意识和思想，这种“禀赋”是我们人类附加在它身上的，但是，苔藓配得上这样的赞誉。“苔花如米小，也学牡丹开”，别看苔花没有花香、没有树高，却一样活得“顶天立地”。

其实，苔藓作为一种相对低矮的植物，并没有严格意义上的“花”；这里所谓的“苔花”，指初春萌发的新苔，黄绿而鲜嫩。不要小看这些细小的新苔，初春时节，在草色半有无的原野上、在石崖嶙峋的山涧中、在院落的角落里，它们无拘无束，野蛮生长，仿佛给大地铺上一层绿丝绒毯。苔花虽然如米小，但它们是早春二月的底色。

春分诗话

蔷薇科的春天

在二十四节气中，有四个节气相当特别，它们分别是春分、夏至、秋分和冬至。这四个节气，是地球围绕太阳公转时的特殊时刻。春分日和秋分日，全球昼夜时长平分；夏至日，北半球白昼最长，而冬至日，北半球夜晚最长，南半球的情况正好相反。这四个节气，分别是春夏秋冬四季的“中点”；你也可以认为，它们是二十四节气的“基准点”。

春分节气，通常在每年的 3 月 20 日、21 日或 22 日。太阳到达黄经 0° 时。请注意这个 0°，象征着真正意义上的“一元复始、万象更新”。在诞生了二十四节气的古代中国黄河流域，气象学意义上的“入春”，指连续五天气温在 10℃以上，一般都在春分节气前后。

风物一

桃之夭夭，灼灼其华

春天是百花齐放的季节，而春分时节花事最盛。每年的此时此刻，窗外的紫玉兰正在盛放，白玉兰已是落英缤纷；紫荆的花苞密密匝匝，好像正在积攒力量；乡野田园里，油菜花地应该已是一片金黄了吧。

但是，春天的主角，必须是蔷薇科的繁花，从桃李到樱花，从杏花到海棠。每年到了这个时候，也总会有人来认真地科普，教你辨认各种蔷薇科植物的花朵——尽管很多时候是徒劳的。但是，这不妨碍我们中国人，从古至今都喜爱着蔷薇科。其实，早在立春时节，为我们打开春的局面的梅花，也来自蔷薇科。

蔷薇科的“科长”，当然是蔷薇；不过，春分时节的“花王”，当之无愧应是桃花：

桃夭

诗经·国风·周南

桃之夭夭，灼灼其华。
之子于归，宜其室家。

桃之夭夭，有蕡其实。
之子于归，宜其家室。

桃之夭夭，其叶蓁蓁。
之子于归，宜其家人。

这首诗出自《诗经》，多么热烈，多么喜庆！让我们学习一下先秦时代的语言：夭夭，花朵怒放的样子；灼灼，花朵鲜艳如火的样子；蓁蓁，草木繁密的样子。

桃花，是春天的象征。现在有一个成语叫“逃之夭夭”，这是个贬义词，一般用来形容溃败逃跑的敌人。其实，这是一句以讹传讹、将错就错的成语。它的正确“打开方式”，原来就在这里——“桃之夭夭”。

桃树原产于中国，中国人很早就栽培桃树。人们不仅可以吃桃子，还可以赏桃花。“桃之夭夭，灼灼其华”，桃花何其妖娆，何其繁盛。桃花盛放的同时，枝叶也在生长。“桃之夭夭，其叶蓁蓁”，繁密的绿叶，是生命力旺盛的象征。过一阵子，桃花凋谢，果实生长，到夏天，人们就有甜蜜多汁的桃子可以品尝。“桃之夭夭，有蕡其实”，桃子果实累累，掩映在蓁蓁的绿叶中。

从桃花、桃叶到桃子，人们都感受到了旺盛的生命力，用来联想什么最恰当？当然是青春健美的女子。

中国诗人对于桃花的热爱，从来没有间断和减弱过。陶渊明，把他的一切理想寄托在了“桃花源”；到了唐朝，隐士张志和说，“西塞山前白鹭飞，桃花流水鳜鱼肥”，桃花点缀的山水富有灵气；诗人崔护郊游，难以忘怀与青春少女的一面之缘，于是有了“人面桃花相映红”。就连我们认为“沉郁顿挫”的“诗圣”杜甫，也沉醉在成都江畔的桃花丛中：

江畔独步寻花 · 其五

唐　杜甫

黄师塔前江水东，春光懒困倚微风。
桃花一簇开无主，可爱深红爱浅红？

徒步行走，是中老年朋友喜爱的一项健身运动，杜甫也是其中一分子。在成都的这几年，每到春天，他都要沿着锦江走上一程。他一边走路，一边欣赏美景，并且一口气写了七篇《江畔独步寻花》。让我们来回味诗人和桃花的这场邂逅吧！

这一天，他走着走着，不知不觉走到高僧墓黄师塔前。刚出门时还有些春寒，现在感觉太阳当空照，身上微微出汗。几许春困袭来，坐在江畔的石阶上歇一会儿。“春光懒困倚微风”，就让他睡在春光里吧。

他小寐片刻醒来，但觉神清气爽。环顾左右，只见黄师塔顶覆盖着一层青苔。塔边有株桃树，树枝斜伸入江水，桃花开得正鲜艳，一簇簇，一朵朵，深深浅浅，煞是可爱。

风物二

小楼一夜听春雨，深巷明朝卖杏花

说完桃花，我们看杏花。同属蔷薇科，它的气质却截然不同：如果说桃花是热烈浓郁的，那么杏花就是恬淡静雅的。

临安春雨初霁

宋　陆游

世味年来薄似纱，谁令骑马客京华。
小楼一夜听春雨，深巷明朝卖杏花。
矮纸斜行闲作草，晴窗细乳戏分茶。
素衣莫起风尘叹，犹及清明可到家。

正值大好春光，陆游从家乡绍兴前往临安（杭州）办事。刚在客栈住下，春雨便淅淅沥沥。或许他本想去西湖边上走走、龙井山中踏青，只能取消了行程。

楼外烟雨蒙蒙，杨柳青青。煎煮一壶茶水，看着细细的茶叶氤氲散开，水面浮着细小的白泡沫，就像螃蟹在吐泡泡。打开包袱，取出随身携带的短纸，磨墨提笔，笔走龙蛇，以草书消遣时光。

黄昏来临，夜幕降临，诗人并不出去应酬喝酒，就待在小楼里消磨时光。茶都喝淡了，听着楼外的雨声，想起客栈院落里有一株杏树，蓓蕾开满枝头。一夜春雨过后，第二天一大早，临安城里的大街小巷，挑担卖菜的小贩们，该是插着几枝绯红的杏花，顺便叫卖吧？“小楼一夜听春雨，深巷明朝卖杏花”，这是现实与梦境的交织，是唯美与伤感的交集。

风物三

两岸山花似雪开，家家春酒满银杯

每年春季，西藏林芝雅鲁藏布大峡谷的桃花开得漫山遍野；同时，新疆塔什库尔干塔吉克自治县的大片杏花绽放在帕米尔高原。在古人的记述中，也有这样百花齐放、万树齐开的景象。最典型的，莫过于“诗豪”刘禹锡的一组《竹枝词》：

竹枝词

唐　刘禹锡

其二

山桃红花满上头，蜀江春水拍山流。
花红易衰似郎意，水流无限似侬愁。

其五

两岸山花似雪开，家家春酒满银杯。
昭君坊中多女伴，永安宫外踏青来。

其九

山上层层桃李花，云间烟火是人家。
银钏金钗来负水，长刀短笠去烧畬。

刘禹锡曾经被贬官到巴蜀、荆楚一带长达二十多年。“巴山楚水凄凉地，二十三年弃置身”，归结起来一个字：惨。不过，作为一位诗人，刘禹锡有这番经历倒是幸运的。他看到了最为原生态的风景，接触到非常质朴的老百姓，听到了令人耳目一新的民歌。

在夔州，也就是今天的三峡一带，刘禹锡接触到《竹枝词》这种民歌。《竹枝词》来自民间，清新浅显，朗朗上口，跟文人们闭门造车、绞尽脑汁写出的东西大不一样。

又是一年春天，几场春雨过后，三峡两岸的崇山峻岭，好像变魔术一般，一夜之间山花烂漫，雪白粉红、密密匝匝、层层叠叠，它们是桃花、李花、杏花、梨花、棠棣花、毛樱桃……看到这些景象，刘禹锡诗如泉涌，“山桃红花满上头”“两岸山花似雪开”“山上层层桃李花”……

二月二、三月三、清明节，人们涌出家门，相约看花踏青。“昭君坊中多女伴，永安宫外踏青来”，三峡是个有故事的地方，秭归城里，也就是今天的湖北宜昌，有王昭君的“娘娘庙”；白帝城中，即今天的重庆奉节有刘玄德的永安宫。庙里宫外，男女老少，香火旺盛，民间艺人在说唱，小吃美食惹人馋。

年轻姑娘们结伴踏青，青春正年少，放声唱歌谣：“花红易衰似郎意，水流无限似侬愁。”别看歌词这么忧伤，她们唱得其实很欢快。清亮的歌声回荡在山谷，高峡之下，长江水滚滚东流。

春日到来，处处皆是人间烟火。乡村春社隆重热烈，“家家春酒满银杯”，春社是中国农人的狂欢节，让我们干了这一杯！“银钏金钗来负水，长刀短笠去烧畬”，春耕春种开始啦，女人们并不娇贵，撸起袖子挑水做饭、采桑养蚕；男人们卷起裤脚，戴上斗笠，拿起镰刀，烧田开荒，驾牛耕地。

清明诗话

中国蚕桑故事

清明是节气，同时也是一个节日。清明一般在公历4月4～6日，太阳到达黄经15°时。

何谓“清明”？它的本意是“气清景明”，指空气清新、景象明朗。《月令七十二候集解》上说，“物至此时，皆以洁齐而清明矣”。清明时节，万物清洁、齐整、明朗，不论是春耕生产还是植树造林，都正当其时。

清明是一个美好的词汇。在汉语言里，它的含义还被引申到了很多其他方面：它可以指天下被治理得井井有条，也可以指人的思路清晰明朗。不论是自然界还是人类社会，“清明”都包含着正向美好的意义。

清明时节，我们要讲的这种“时令风物”，其重要性、影响力，不亚于生物界中其他草木；它与中国人相处的历史之久、关联之深，在生物界中也是屈指可数的。

我们要说的，就是桑树，以及与其相关联的蚕、丝。穿衣保暖，始终是人类的基本需求。中国人很早就发现了蚕丝能织衣物，传说，黄帝的妻子嫘祖发明了养蚕，是蚕桑业的始祖。

这里先做一个科普。根据《辞海》的解释，桑，桑科，桑属植物的泛称。落叶乔木，叶卵圆形，叶缘有锯齿。花淡黄绿色，果实为复果，名“桑葚”，成熟时一般呈紫黑或白色，味甜。再生分枝力强，耐剪伐。叶可饲蚕，果可食用和酿酒，木材可制各种器具，枝条可编筐，桑皮可制纸，叶、果、枝、根皮均可供药用。看完这一段，你也许会想起一句熟悉的话语——桑树“浑身都是宝”。

你注意到没有，人类利用或者驯化动植物，绝大多数是“一对一”的关系，而养蚕植桑有着根本的不同，其中蕴含着一种神奇的“三角关系”：人类尽心种植桑树、繁育蚕宝宝，桑的叶成为蚕的食物，蚕的丝成为人类的衣物，这三方形成了巧妙而平衡的共生关系。

春天，特别是“气清景明”的这个时节，正是柔桑开枝散叶、蚕宝宝开启生命之旅、人们为采桑养蚕奔忙的时候。而我们的诗词之旅，可以从《诗经》讲起。

春日载阳，爰求柔桑

《诗经》是中国最早的诗歌总集。《诗经》中的《豳风·七月》诞生于西周早期，这也许是中国最古老的时令诗、农事诗。《七月》很长，把农人一年四季的生活都做了盘点，其中的第二段和第三段，是围绕蚕桑展开的：

七月（节选）

七月流火，九月授衣。
春日载阳，有鸣仓庚。
女执懿筐，遵彼微行，爰求柔桑。
春日迟迟，采蘩祁祁。
女心伤悲，殆及公子同归。

七月流火，八月萑苇。
蚕月条桑，取彼斧斨，
以伐远扬，猗彼女桑。
七月鸣鵙，八月载绩。
载玄载黄，我朱孔阳，为公子裳。

“春日载阳，有鸣仓庚。女执懿筐，遵彼微行，爰求柔桑。”春天来了，太阳暖洋洋的，黄莺（仓庚）在歌唱。青春少女拿着箩筐，走在乡间的小路上。少女要去干什么？原来是去采集柔桑嫩芽。

“蚕月条桑，取彼斧斨，以伐远扬，猗彼女桑。”蚕月就是农历三月，一个月份居然用蚕来命名，可见这种产业在人类生产生活中的重要性。这句诗中，提到了斧子等“硬核”农具，原来，采桑并不是动动手指那么简单，有时要伐取树枝，有时要用绳索拉下高枝。总之，这既是一项技术活儿，也是一项力气活儿。

说实话，我对采桑养蚕没有太多直观感受，我的家乡皖东有很多桑树，但没有养蚕传统；不过，我知道桑树会长得很高大，枝条难以徒手触及，因为孩童时代为了采桑葚吃，爬上爬下，很是费过一番力气！

蚕桑还是爱情的载体。《诗经》中有很多情诗，它们的本质是“思无邪”：

隰（xí）桑

诗经·小雅

隰桑有阿，其叶有难。
既见君子，其乐如何。

隰桑有阿，其叶有沃。
既见君子，云何不乐。

隰桑有阿，其叶有幽。
既见君子，德音孔胶。

心乎爱矣，遐不谓矣？
中心藏之，何日忘之！

这个故事的主人，应该是一位女子。因为她整日所期待的，是“既见君子，云何不乐”。

“隰桑”，指湿地中的桑树。“隰桑有阿，其叶有难”“隰桑有阿，其叶有沃”“隰桑有阿，其叶有幽”，那河边的大桑树，枝叶茂盛繁密；阳光透过树叶洒在粼粼的河面上；树荫之下，有我们的美丽过往。这首诗表现出这位女子如火一样炽热的爱情，但也表现出她内心的苦恼和矛盾。

也正是在《诗经》形成的年代，民间流传一个词语，叫“桑间濮上”。此地位于卫国，按照字面理解，应该是濮河岸边的一片桑树林吧。当时，人们以此指称男女约会之所。有人说，“桑间濮上之音”是亡国之音，我倒不这么认为。在我看来，桑树之下，桑田之中，有着《诗经》那个年代的爱与哀愁。

罗敷喜蚕桑，采桑城南隅

自人类社会形成以来，采摘大多是女子从事的劳作。因此，我们看到许多有关采桑的诗歌，主角也都是女子。事实上，在中国古代的诗歌中，采桑、采莲和采菱，堪称规模宏大的三大“采摘劳动”。采莲和采菱，在后文的时令诗话中，我们会陆续讲到。这里，我们继续讲采桑。

《乐府诗集》是北宋文学家郭茂倩编撰的集子，共一百卷，以辑录汉魏至唐的乐府诗为主。《乐府诗集》中也有很多经典，譬如这首《陌上桑》。

陌上桑

日出东南隅，照我秦氏楼。
秦氏有好女，自名为罗敷。
罗敷喜蚕桑，采桑城南隅。
青丝为笼系，桂枝为笼钩。
头上倭堕髻，耳中明月珠。
缃绮为下裙，紫绮为上襦。
行者见罗敷，下担捋髭须。
少年见罗敷，脱帽著帩头。
耕者忘其犁，锄者忘其锄。

来归相怨怒，但坐观罗敷。
使君从南来，五马立踟蹰。
使君遣吏往，问是谁家姝？
“秦氏有好女，自名为罗敷。”
“罗敷年几何？”
“二十尚不足，十五颇有余。”
使君谢罗敷：“宁可共载不？”
罗敷前致辞：“使君一何愚！
使君自有妇，罗敷自有夫。
东方千余骑，夫婿居上头。
何用识夫婿？白马从骊驹。
青丝系马尾，黄金络马头；
腰中鹿卢剑，可值千万余。
十五府小吏，二十朝大夫，
三十侍中郎，四十专城居。
为人洁白皙，鬑鬑颇有须。
盈盈公府步，冉冉府中趋。
坐中数千人，皆言夫婿殊。”

罗敷这位机智果敢而富有喜剧色彩的奇女子，在中国古代文学作品中是罕见的存在。因为，古诗词中的女子，很多是不幸而悲哀的，她们常常是思妇，是怨妇。而《陌上桑》中的秦罗敷，始终阳光灿烂，不卑不亢。

我们再好好回味《陌上桑》故事发生的场景：“日出东南隅，照我秦氏楼。秦氏有好女，自名为罗敷。罗敷喜蚕桑，采桑城南隅。”就在这阳光明媚的春日、在采桑的时节，勤劳、勇敢、美丽、善良的秦罗敷，就这么大大方方地出场了！

桑叶尖新绿未成

如果按照时间线继续讲下去，我们就要讲到宋朝。事实上，在宋诗之中，我们依旧可以发现满满的蚕桑元素。此时,《诗经》《乐府诗集》已经渐渐成为历史的回响，诗人们不再层层叠叠地给蚕桑附加故事和传奇，而是用更加清新、简约的眼光来打量蚕桑，使其回归田园与农事的本质：

春日田园杂兴（其一）

宋　范成大

柳花深巷午鸡声，桑叶尖新绿未成。
坐睡觉来无一事，满窗晴日看蚕生。

南宋诗人范成大，晚年退职回到家乡苏州后，创作了组诗《四时田园杂兴》，分为“春日”“晚春”“夏日”“秋日”和“冬日”五部分，各十二首，一共六十首，影响力很大。而这一首诗，是整组诗歌的开篇之作。

春日的晌午，暖阳令人昏昏欲睡。春困到来，你需要一场饱饱的午睡。醒来无事，诗人用他的耳朵在听：咦，这大公鸡为什么要在午间打鸣？诗人用他的眼睛在看：垂柳青青，桑树抽芽；米粒一般的蚕卵，孵化出了蚂蚁一般大小的蚕宝宝。一切都是新生的，一切都那么美好。“那么，我索性用一年时间，写一组田园诗歌，来记录四时的变化吧！”也许，正是从这一刻起，诗人暗暗地做了这个决定。

谷雨诗话

从兰亭『穿越』到牡丹亭

谷雨是春天的第六个节气，也是最后一个节气。你注意到没有，春天的六个节气里面，跟“雨”有关的就有两个，“雨水”和“谷雨”。这说明，春雨是春天显著的气候特征。

谷雨，一般是在公历 4 月 19 ~ 21 日，太阳到达黄经 30° 时。《月令七十二候集解》上说，谷雨为“三月中，自雨水后，土膏脉动，今又雨其谷于水也”“盖谷以此时播种，自上而下也”。这段解释，依然是将雨水和谷雨两个节气关联了起来：雨水节气之后，土壤已经萌发生机；到了谷雨节气，人们播种谷物，雨水正好滋润着它们。

永和九年的那场雅集

谷雨时节是暮春。“暮春者，春服既成，冠者五六人，童子六七人，浴乎沂，风乎舞雩，咏而归。”（《论语·先进篇》）。无数先哲告诉我们：请一定珍惜、不要辜负这样的大好春光。免费的东西往往是最宝贵的。且让我们记住那些沐浴在春光里的不朽时刻：

兰亭集序

东晋　王羲之

永和九年，岁在癸丑，暮春之初，会于会稽山阴之兰亭，修禊事也。群贤毕至，少长咸集。此地有崇山峻岭，茂林修竹；又有清流激湍，映带左右，引以为流觞曲水，列坐其次。虽无丝竹管弦之盛，一觞一咏，亦足以畅叙幽情。

是日也，天朗气清，惠风和畅。仰观宇宙之大，俯察品类之盛，所以游目骋怀，足以极视听之娱，信可乐也。

夫人之相与，俯仰一世，或取诸怀抱，悟言一室之内；或因寄所托，放浪形骸之外。虽趣舍万殊，静躁不同，当其欣于所遇，暂得于己，快然自足，不知老之将至。及其所之既倦，情随事迁，感慨系之矣。向之所欣，俯仰之间，已为陈迹，犹不能不以之兴怀。况修短随化，终期于尽。古人云：“死生亦大矣。”岂不痛哉！

每览昔人兴感之由，若合一契，未尝不临文嗟悼，不能喻之于怀。固知一死生为虚诞，齐彭殇为妄作。后之视今，亦犹今之视昔。悲夫！故列叙时人，录其所述，虽世殊事异，所以兴怀，其致一也。后之览者，亦将有感于斯文。

相信很多人家里都挂着《兰亭集序》这幅书法作品，虽然我们很难看到书圣王羲之的真迹，但依然能从摹品的字里行间，感受到“永和九年”，那个暮春的潇洒。

“永和九年”是哪一年？我查了一下，是公元353年，距今1 600多年。那一年一定也发生了很多事情，有很多的生老病死、喜怒哀乐，但流传到今天，最能被人记住的，是王羲之在兰亭召集的这场雅集。为何集会？“修禊事也”，这是一种古老的礼仪，后来逐渐演变成了春游。他们集会的时间是“暮春之初”，大致在上巳节（农历三月三日）前后。在时间上，应该更加接近清明节气。

兰亭集会，是人与自然和谐相处的典范。“此地有崇山峻岭，茂林修竹；又有清流激湍，映带左右，引以为流觞曲水，列坐其次。”说到底，是自然给了人类灵性。人类是大自然的孩子，哪怕发展到今天，我们有了无数的摩天大楼，但心底里依然留存有对崇山峻岭的向往。更何况，这崇山峻岭并非荒山秃岭，而是有着茂林修竹、清溪湍流的人间仙境。

“是日也，天朗气清，惠风和畅。”多么美好的一天，只有在暮春时节，你才能拥有这样的一个万事俱备的好光景：蓝天澄澈，白云悠悠；空气清新，暖风微拂；桃红柳绿，万里莺啼。只有暮春的风，才能叫“惠风”，一切都是刚刚好，无法增减一分。也只有在这样的好春光、好山水里，人们才有兴致“仰观宇宙之大，俯察品类之盛，所以游目骋怀，足以极视听之娱，信可乐也”！

但是，请你想想，这样看似平平常常的一个暮春，一辈子能够经历几次？其实，王羲之想在《兰亭集序》里同我们交流的，就是他和他的朋友们对于人生的感悟。人生不满百，常怀千岁忧，眼睛一眨，便是“不知老之将至”。这样的人生，我们应当如何度过？这样的暮春，我们应当如何享受？不要浪费每一个春天，不要浪费每一次跟朋友的相聚。

原来姹紫嫣红都开遍

在中国古典文学中，还有另一座以植物命名的亭子，也有着不朽的地位，那就是“牡丹亭”。牡丹，正是在暮春开放的花魁；牡丹亭的故事，也正是发生在暮春时节。

《牡丹亭》，是明代戏剧家汤显祖的代表作，讲述了青春女子杜丽娘怀春而死、死而复生的传奇故事。《牡丹亭》中的曲词，本就是优秀的诗歌。时至今日，我们还可以在低回婉转的昆曲“水磨调”中，欣赏其中的经典选段：

【皂罗袍】原来姹紫嫣红开遍，似这般都付与断井颓垣。良辰美景奈何天，赏心乐事谁家院！恁般景致，我老爷和奶奶再不提起。〔合〕朝飞暮卷，云霞翠轩；雨丝风片，烟波画船——锦屏人忒看的这韶光贱！〔贴〕是花都放了，那牡丹还早。

【好姐姐】〔旦〕遍青山啼红了杜鹃，荼蘼外烟丝醉软。春香啊，牡丹虽好，他春归怎占的先！〔贴〕成对儿莺燕啊。〔合〕闲凝眄，生生燕语明如翦，呖呖莺歌溜的圆。〔旦〕去罢。〔贴〕这园子委是观之不足也。〔旦〕提他怎的！〔行介〕

“不到园林，怎知春色如许！”久处闺房的大小姐杜丽娘，与丫鬟春香游园，不禁发出这番感慨。此时不到园林，简直就是暴殄天物、违背天性；此时的园林，原来是姹紫嫣红都开遍啊！

这里，且让我先介绍一则小知识：我们中国不仅有二十四节气，还有“二十四番花信风”。每年从小寒到谷雨，这八个节气每个节气均有三种最具代表性的花卉，

共计二十四候，花信风，指花开时吹过的风。谷雨是“花信风”的收尾阶段，其一候为牡丹，二候为荼蘼，三候为楝花。

我为什么断定，杜丽娘“游园惊梦”的情节，就发生在暮春谷雨时节？因为曲词一一暗合谷雨“花信风”啊！请看：“是花都放了，那牡丹还早”“牡丹虽好，他春归怎占的先”，牡丹含苞待放，这不正是谷雨“花信风”第一候吗？“遍青山啼红了杜鹃”，红艳艳的杜鹃，正是在暮春初夏时节尽情绽放。“荼蘼外烟丝醉软”，荼蘼，是蔷薇的一种，它不正是谷雨“花信风”的第二候吗？

杜丽娘“游园惊梦”的情节，也只会发生在暮春时节。因为，二八的青春少女，不正如这姹紫嫣红的良辰美景吗？

谷雨在晚春，田园有杂兴

暮春谷雨时节，我们已经神游了兰亭与牡丹亭。接下来，我们继续讲这个时节的诗歌。在“清明诗话”中，我们讲到了南宋诗人范成大的《四时田园杂兴》。名为“四时”，其实分为“五时”，除春夏秋冬外，还专门有一组《晚春田园杂兴》，可见晚春在诗人心目中的重要地位。请看其中一首：

晚春田园杂兴（其十）

宋　范成大

谷雨如丝复似尘，煮瓶浮蜡正尝新。
牡丹破萼樱桃熟，未许飞花减却春。

“谷雨如丝复似尘”，谷雨时分的雨，从天空降下如丝如缕，落到地上如雾如尘。从农时来说，谷雨就是“雨生百谷”的意思。要抓紧播种谷物，还要点瓜种豆——种什么得什么。连布谷鸟都在提醒大家：“布谷，布谷！”

“煮瓶浮蜡正尝新”，这里讲的是苏州农家酿酒、吃酒的事情。人们下田干完农活儿，煮点新酿的酒来吃，白蜡、绿蚁一般的酒沫子浮在瓶子、罐子的边沿上。

谷雨时节的典型物候，首选牡丹。这个时节，曾经“大爆发”般独霸春天的蔷薇科植物，桃、李、杏、梨、樱花、海棠，它们的花期大多已经过去，变成飞花落红。而雍容华贵的牡丹，就跟贵妃醉酒似的刚刚醒来，含苞待放，准备惊艳四方。

“牡丹破萼樱桃熟”，看来，我们不仅要编排“花信风”，还有必要排出一个“果信风”，索性就从谷雨节气开始吧，正好跟“花信风”衔接上。因为，此时已经有了一年之中最早成熟的果实——樱桃。就在我们沉浸于春日赏花之时，几乎谁都没有留意到，樱桃树上已经渐渐结出了果实，这果实已经渐渐变成黄色、红色，它们晶莹透亮的样子，实在诱人。

我们再看另一首《晚春田园杂兴》：

晚春田园杂兴（其八）

宋　范成大

茅针香软渐包茸，蓬櫑甘酸半染红。
采采归来儿女笑，杖头高挂小筠笼。

谷雨晚春，孩子们去田野里采食本草野味。“茅针香软渐包茸”，说到这个“茅针”，在大江南北乡村长大的孩子，也许都有这样的记忆：春日里和伙伴们一起，在“春风吹又生”的田园草野，认真地寻找茅草的幼苗，它们状如袖珍的长矛，头儿尖尖，肚子饱满。如剥笋一般剥开表皮，里面是一根纯白的芯儿，带着些许绒毛，放在嘴里，香甜软糯。“茅针香软”，范成大诚不我欺！这些春日里的茅针，如果逃过了孩子的嘴巴，到了秋冬季节，就是原野上的白茅，根根挺立，随风起伏，又是另一番景象。

范成大成功地勾起了我的童年记忆。记忆里，春日里可吃的野味太多了。除茅针之外，还有“蔷靡苔”，其实就是野蔷薇的嫩茎。“蔷靡苔”，多么有古意的词汇，不过，在方言土语中，硬是被以讹传讹成了“炒米苔”，令我很多年不得要领。直到不久前，无意看到一则知识，蔷薇又叫“墙靡”“蔷靡”，这才恍然大悟。解读方言土语，的确是一门深奥的学问。

“采采归来儿女笑”，在外面玩了大半天的孩子们，个个满载而归、满面笑容。你看他们，“杖头高挂小筠笼”，肩扛小扁担、小锄头，挂着小笼子、小果篮，篮子里采集的野果，有的酸、有的甜，有的绿、有的红……

立夏诗话

山青花欲燃，欲燃是何花？

随着立夏的到来，夏天的脚步正越来越近，但气象学意义上的入夏还需要一段时日。事实上，二十四节气中的立春、立夏、立秋和立冬，都像是季节的“预告片”。中国古人如此编排节气，蕴含着一种前瞻性、规划性。

具体而言，立夏节气在每年公历 5 月 5 日前后，太阳到达黄经 45° 时。立夏一般在农历四月前后，所以又叫“四月节”。

古书《月令七十二候集解》中说：“夏，假也，物至此时皆假大也。”这里的“假”，是盛大的意思。这句话的意思是，到了立夏时节，天地万物、草木鸟兽，都开始呈现出盛大繁荣的景象。

立夏时节，我曾大步行走在上海衡山路－复兴路历史文化风貌区，只见法国梧桐的叶子已然浓绿茂密，枇杷结出一簇簇青绿色的果子，“网红”武康大楼显露着挺拔的船型身姿。空气中弥漫着浓烈的气味，花香、草香、树香、果香，有的浓香，有的苦涩，有的酸臭，混合在一起，有如酒神调制的鸡尾酒。这是生命力勃发的味道，也是暮春初夏的味道。

风物一

蔷薇

人们常说：心有猛虎，细嗅蔷薇。猛虎，就在你我心中；蔷薇，也恰恰在这个时节绽放：

重题蔷薇

唐　皮日休

浓似猩猩初染素，轻如燕燕欲凌空。
可怜细丽难胜日，照得深红作浅红。

早春有梅花，仲春有桃花、杏花、李花、海棠、梨花、樱花，晚春及初夏有蔷薇。它们全都来自蔷薇科。

我们在“谷雨诗话”里讲到过，蔷薇，古代又叫“墙蘼”“蔷蘼”，它的本意就是附着在墙上的攀缘类植物。李时珍在《本草纲目》中说：“此草蔓柔靡，依墙而生，故名蔷蘼。”我们所见的蔷薇，是掩映着农家的竹篱笆、公园的铁栅栏，为原本单调的一道墙增添无尽的绿意和花趣。蔷薇无所谓野生、家养，基本不需要谁来浇水施肥，就在篱笆上、道路旁“皮实”地生长。

蔷薇不浓妆艳抹，但是很耐看。“浓似猩猩初染素”，好似一匹白布染上猩红颜色。“轻如燕燕欲凌空”，纤细修长、长满小刺的花茎上，绿叶浓荫，繁花朵朵，轻盈得就像振翅欲飞的小燕子。你仔细看，每一朵蔷薇花的模样都很标致，花朵们大大小小攒在一起，更加增添了初夏的感觉。有一个蔷薇品种叫“七姊妹”，我很喜欢这个名字，就像是可爱的邻家小孩。

“可怜细丽难胜日，照得深红作浅红”，明媚的阳光就是化妆师，它仿佛有穿透力，营造出深深浅浅的蔷薇红，再配上金黄的花蕊，这是多么有层次的色彩！

风物二

紫桐

我且问你，暮春初夏是什么颜色的？

在我的眼里，这个时节是紫色的。紫荆、紫藤、楝花、豌豆花、蚕豆花，无不“红得发紫”。不过，这些植物多是草本或者灌木，但有一种高大乔木，也开紫色的花，尤其令人印象深刻。它，就是紫花泡桐。

在中国语言文字里，“桐”可以指很多植物：珙桐，一种珍稀的观赏植物，花如白鸽；梧桐，又称“青桐”，盛夏开花，小而淡黄。而我们这里要说的，是泡桐，又称“白桐”，它的花朵硕大，状如风铃、小喇叭，颜色淡紫，香气浓郁，在树枝上成排成列，蔚为壮观。

立夏前后是泡桐的花期。高大乔木的花朵往往细小、素淡，少有香气，泡桐则是一个例外。若是在乡村野外，它往往独立在村头、田头，仿佛是这座村庄、这块田地的“形象大使”；若是在都市之中，它往往低调地生长在高楼背后，却把枝叶和繁花撑到五六层楼的高处。

在上海历史最悠久的黄浦江隧道——打浦路隧道的浦西入口旁，长着几株高大的泡桐树。我曾在花开时节看到它们，那一瞬间，你会忘却城市的车水马龙、行色匆匆，获得内心的宁静。

我们说说关于泡桐的诗歌吧。

皮日休曾在《初夏即事寄鲁望》中写道：“夏景恬且旷，远人疾初平。黄鸟语方熟，紫桐阴正清。”原来，这份内心宁静，来自“紫桐阴正清”。

元稹和白居易对于唱和这件事是乐此不疲的。元稹曾在《桐花》诗中写道：“胧月上山馆，紫桐垂好阴。可惜暗澹色，无人知此心。”白居易则在收到诗作后回复：“夜深作书毕，山月向西斜。月下何所有，一树紫桐花。桐花半落时，复道正相思。殷勤书背后，兼寄桐花诗。”一树紫桐花，映衬着他们寂寥而相知的心情。

可以再读一首宋诗，来自宋朝僧人释行海：

初夏客怀

宋　释行海

绿树成阴四月天，紫桐花放石池边。
风光暗换人双鬓，一别江南二十年。

宋诗的风格与意境，与唐诗已经截然不同。淡淡的语气，平实的字句，蕴含着“极简美学”的真谛，表达着从容平和的心境。两鬓斑白的诗人，看到小池一角绿树浓荫、紫花绽放的泡桐，不觉忆起久别的江南。

这是初夏之梦，一个淡紫色的梦。

小满诗话

四月南风大麦黄

小满，是夏天的第二个节气，在每年公历 5 月 20 ~ 22 日，太阳到达黄经 60°时。《月令七十二候集解》上说："小满，四月中。小满者，物至于此小得盈满。"此时农作物的谷粒正在灌浆，已经逐渐饱满，再过一阵子就可以收割了，故称"小满"。

"小满"，这个词本身还蕴含着中华文化的哲理。我们常说"物极必反"，满招损、谦受益。凡事千万不要"大满"，不要忘乎所以。所以，我们的二十四节气中，有小暑、大暑，有小雪、大雪，还有小寒、大寒，却只有"小满"而无"大满"。

风物一

大麦

既然是“小满”，我们就要看看，到底是哪些农作物“小满”了：

送陈章甫

唐　李颀

四月南风大麦黄，枣花未落桐叶长。
青山朝别暮还见，嘶马出门思旧乡。
陈侯立身何坦荡，虬须虎眉仍大颡。
腹中贮书一万卷，不肯低头在草莽。
东门酤酒饮我曹，心轻万事如鸿毛。
醉卧不知白日暮，有时空望孤云高。
长河浪头连天黑，津口停舟渡不得。
郑国游人未及家，洛阳行子空叹息。
闻道故林相识多，罢官昨日今如何。

小满时节，古人常用“南风”这个名词。南风给人的感觉，就是一个“熏”字，这个字，把南风温暖、湿热的感觉淋漓尽致地体现了出来。

南风“熏”来，人们就知道，夏天是真的到来了；南风“熏”来，也好像在催着农作物快快成熟。此时，夏熟作物的籽粒开始灌浆饱满，但还未成熟，只是“小满”，还未“大满”。“四月南风大麦黄”，不就是这个意思吗？

《送陈章甫》这首诗的创作背景，是诗人的好朋友陈章甫被罢了官，李颀写诗来安慰他。大概意思就是，陈兄您天生异相、才高八斗、心胸豁达、万人景仰，“心轻万事如鸿毛”，罢个官算什么呀？不过是人生的小插曲。“四月南风大麦黄”，在这南风吹拂、麦黄花开的美好季节，不许你不开心！

风物二

枣花

在“四月南风大麦黄”的同时，诗人李颀还观察到了其他的物候——“枣花未落桐叶长”。枣花，正是在“小满”节气前后开放。

枣树的花朵细小，呈黄绿色，与树叶的颜色很相近，香气也难以察觉。枣花在枝头成簇成列，颇让人遐想红枣挂满枝头的景象。不过，开花时节的枣树，终究是朴实无华且低调的。

但是，中国的古典诗词并没有因为它的“低调”，而轻慢了枣树和枣花。古老的《诗经》里，就有关于它的记载：

凯风

诗经 · 国风 · 邶风

凯风自南，吹彼棘心。
棘心夭夭，母氏劬劳。
凯风自南，吹彼棘薪。
母氏圣善，我无令人。
爰有寒泉？在浚之下。
有子七人，母氏劳苦。
睍睆黄鸟，载好其音。
有子七人，莫慰母心。

凯风，就是初夏和煦的南风。棘心，就是酸枣树的嫩芽。和暖的风吹来，吹拂着酸枣树的嫩芽；酸枣树发芽了，酸枣树开出黄绿色小花，酸枣树长出一簇簇果实。这个过程，就像母亲辛苦抚育一个个子女茁壮成长的过程。这种联想，是《诗经》中常见的“比兴”。

“母氏圣善，我无令人。”母亲是天地间最伟大、最善良的人，我们却没有做到最好，能用什么来报答我们的母亲呢？“有子七人，莫慰母心。”母亲把我们兄弟姐妹养育成人，却没有一个人能够安慰她的心灵。但是，母亲从来不会抱怨，从来不会索取，母爱永远是单向度、无条件的付出——世上只有妈妈好。

初夏，万物繁盛。此时，巢里的小黄雀叽叽喳喳叫个不停，等着母鸟觅食归来，纷纷张大嫩黄的嘴巴；也许还有一只小猫咪偎在母猫的胸前吮吸乳汁，吃饱后追逐打闹，母猫眯缝着眼，一动不动。

这是一首献给母亲的诗，传递着最古老的敬爱。母亲的关爱，就像这温润的凯风；孩子的心灵，就像这朴实无华的酸枣花儿。

风物三

枇杷

四月南风即将吹熟的，是大麦；四月南风已经吹熟的，是枇杷。

经历冬、春两季的孕育，到了小满时节，江南的枇杷终于成熟了。枇杷是原产中国的水果品种，广泛种植于长江流域。这种常绿乔木的叶子、花朵、果实上都长有绒毛，富有亚热带风情。它的样子跟桃李杏梨等“经典”蔷薇科植物着实不太像。枇杷的叶子碧绿肥厚，叶脉齐整，形状如同乐器琵琶。有人说，枇杷就是因此得名。

关于枇杷，古人留下了很多优美的诗篇：

初夏游张园

宋　戴复古

乳鸭池塘水浅深，熟梅天气半晴阴。
东园载酒西园醉，摘尽枇杷一树金。

自古以来，中国最好的白玉枇杷，就在苏州太湖洞庭东山一带。初夏、熟梅、园林、枇杷、小酌，偷得浮生半日闲，这是最地道、最闲适、最精致的生活方式。摘得几簇枇杷下来，剥去薄薄的果皮，放进嘴里，酸甜爽口。每一座果园都在庆贺丰收，那满树金黄色的枇杷，带给人们无限欢乐。

摘枇杷时，记得在竹篮里垫上几片枇杷叶，这样不会伤到细嫩的果皮。而这个时节上市的水果，大多都是这样的娇嫩，比如樱桃、杨梅、桑葚。它们是一年中最早上市的一批果实，需要好好珍惜。

还有下面这首：

天平山中

明　杨基

细雨茸茸湿楝花，南风树树熟枇杷。
徐行不记山深浅，一路莺啼送到家。

天平山在苏州城西郊野。山并不高，两三百米的样子；名气也不大，没法和同在苏州的虎丘山、寒山寺相比。但是，这里的风景别具一格，也更加清静。也许，苏州人是把著名景点留给了各地游客，而把天平山作为平日出游的“自留地”。

我也曾像杨基一样，在初夏时登过天平山，当时草木繁盛，杜鹃、紫藤、蔷薇灿烂得一塌糊涂；四周群山连绵起伏，山色郁郁葱葱；淡淡的云雾随意飘荡，笼罩在山尖和山腰。正是在这个楝花如紫雪的时节，天平山的枇杷成熟了。

这就是初夏小满，这就是南风四月，我们看见粮食，看见繁花，也看见果实。

芒种诗话

五月小麦覆陇黄

芒种是夏季的第三个节气，每年公历6月5～7日，太阳到达黄经75°时。“芒种”是一个组合词：所谓“芒”，指麦子成熟了，麦芒金黄；“种”，指粟米等谷物可以播种了。一边要收割，一边要播种，忙得不亦乐乎，“芒种”，其实也是“忙种”。

芒种因为多在农历五月初到来，所以又称“五月节”。而跟着芒种一起到来的，还有端午节和梅雨天。在这个“三碰头”的时节里，让我们看看，农历五月的时令风物。

图例
原始社会遗留的小麦种子
汉代小麦分布区
唐代小麦分布南界
明、清代小麦分布南界
现今小麦分布
乌鲁木齐
10
西宁
8
兰
9
拉萨
成都
4
昆明
小麦生态区划
1 北部冬麦区
2 黄淮冬麦区
3 长江下游冬麦区
4 西南冬麦区
5 华南冬麦区
6 东北春麦区
7 北部春麦区
8 西北春麦区
9 青藏春麦区
10 新疆冬春麦区

中国小麦分布图

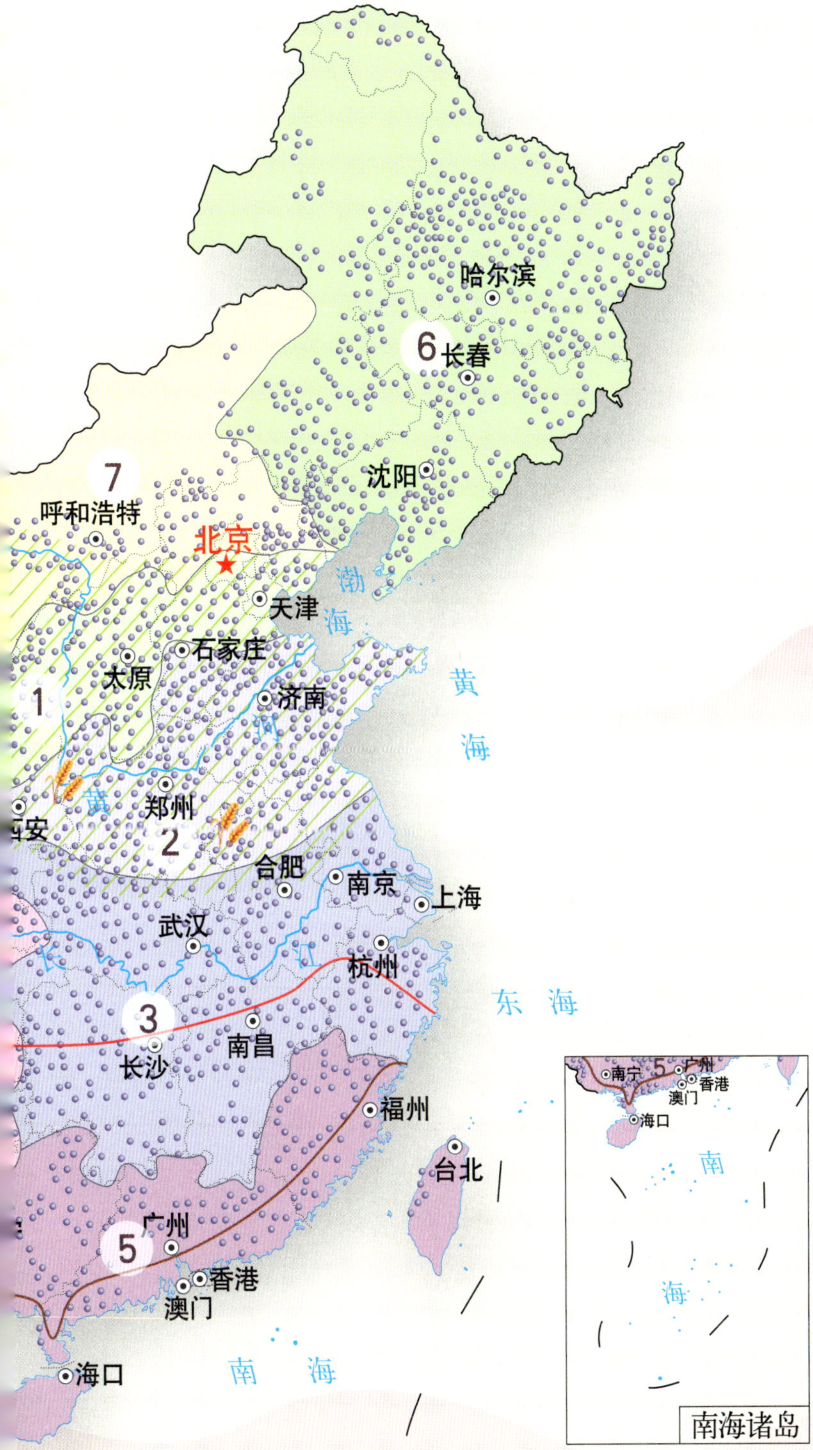

哈尔滨
6
长春
沈阳
7
呼和浩特
北京
天津
渤
海
石家庄
太原
济南
黄
海
1
郑州
2
合肥
南京
上海
武汉
杭州
东　海
3
南昌
长沙
福州
台北
广州
5
香港
澳门
海口
南　海
南宁
5
广州
香港
澳门
海口
南
海
南海诸岛

风物一

麦子黄

观刈麦

唐　白居易

田家少闲月，五月人倍忙。
夜来南风起，小麦覆陇黄。
妇姑荷箪食，童稚携壶浆，
相随饷田去，丁壮在南冈。
足蒸暑土气，背灼炎天光，
力尽不知热，但惜夏日长。
复有贫妇人，抱子在其旁，
右手秉遗穗，左臂悬敝筐。
听其相顾言，闻者为悲伤。
家田输税尽，拾此充饥肠。
今我何功德，曾不事农桑。
吏禄三百石，岁晏有余粮，
念此私自愧，尽日不能忘。

写这首诗的时候，白居易正年轻，在都城长安附近的周至县当县尉。中国古代，农桑为本。芒种时节，青年白居易深入田间地头，看到这样的景象："田家少闲月，五月人倍忙"，农人没有不忙的时候，而到了农历五月、芒种节气，这种忙碌是加倍的。

我们在"小满诗话"中说过，小满时节是"四月南风大麦黄"，那是麦类刚刚泛黄；而到了芒种时节，是"夜来南风起，小麦覆陇黄"，这个时候最显著的景观，就是仿佛一夜之间，大地上一望无际的麦子变成了一片金黄。

听说，在北方的广大麦区，有一种古老的职业叫作“麦客”，他们在麦收时节行走乡野，行程往往数百里、上千里，专门帮人收割麦子，因为农时不等人，需要“集中兵力”打“歼火战”。白居易当时所在的周至县，地处关中平原，而当代文学名著《白鹿原》故事的发生地，也正是在关中平原，其中就有关于“麦客”的描写。

“麦客”，听上去神秘而浪漫，其实是农业短工，非常辛苦。此时骄阳似火，麦芒如针尖，青壮年在割麦子，老人、妇女、孩童忙着烧水做饭、送水送饭，没有一个人是闲着的。

如果只是辛苦，粮食丰赡也足以令人欢喜。但是，白居易敏锐地捕捉到这样一种情景：“复有贫妇人，抱子在其旁，右手秉遗穗，左臂悬敝筐。”一位贫苦的妇人，家里缺了顶梁柱，没有立锥之地，带着孩子，你说她怎么过活？只好拾穗充饥。看到这一幕，白居易不由得反躬自问：不事稼穑，吃着老百姓供给的俸禄，终年衣食无忧，难道可以安之若素吗？“念此私自愧，尽日不能忘”，他告诫自己，不要觉得理所当然，而是要心存感恩，要记得老百姓才是衣食父母。

如今，“麦客”已经日渐稀少乃至消失。每到麦收季节，有很多大型农业收割机行走在大地上，排成横列行进在无边的麦田中；割完一大片麦田，它们又排成整齐的纵列，奔向另一片广袤的田野。这些机械化的“麦客”，成为今日中国乡村的壮观一景。看到这些，你会写下怎样的《观刈麦》？

风物二

榴花繁

芒种时节，麦子好像在一夜之间变得金黄，石榴花也好像在一夜之间开满枝头、火红一片。

题张十一旅舍三咏·榴花

唐　韩愈

五月榴花照眼明，枝间时见子初成。
可怜此地无车马，颠倒青苔落绛英。

石榴的花期很长，大约从立夏节气开始，就已经有花蕾挂上枝头，也已有初蕊绽放。不过，榴花的盛放期，却是在芒种节气，这就是“五月榴花照眼明”。火红的石榴花，还有火红的石榴裙，象征着热力四射的农历五月。

韩愈在长安的市坊间穿行，时常能看到高墙深院后探出一丛石榴花。午后的时光慵懒散漫，美艳繁盛的石榴花猛然映入眼帘，真的是提神醒脑“照眼明”。不知不觉，来到张十一先生的旅舍门前。这里没有人来人往，也没有车马喧嚣。

张十一旅舍门前，朵朵石榴花像一个个小喇叭，绛红色的花朵皱皱巴巴，就像轻轻搓揉过的竹纸。落英缤纷，散布在青苔上。落花的枝头，长出了小小的石榴。

石榴花大美，赞美它的诗人很多。杜牧在《山石榴》中写道：“似火山榴映小山，繁中能薄艳中闲。一朵佳人玉钗上，只疑烧却翠云鬟。”佳人采来石榴花，斜插在云鬟，那火红的石榴花不会突然燃烧起来，把美人的青丝、翠鬟烧掉吧？

苏轼则在《阮郎归·初夏》中描绘了这样一种意境：“微雨过，小荷翻，榴花开欲然。玉盆纤手弄清泉。琼珠碎却圆。”慵懒的南风吹过，细微的雨丝飘过，榴花火红，滴露嫣然。小院池塘里初生的荷叶，浅绿、鲜嫩，叶盘还很小。雨点慢慢汇集，冷不丁“哗”的一声，小荷叶承接不住太多的雨水，脖子一歪，雨珠泻入池塘。荷叶摇曳，残余的水珠滚来滚去，恰如琼珠碎玉……

风物三

栀子开

芒种时节，有一种花的出场是相当高调且引人注目的。这种花，就是栀子。

栀子能够吸引人，一则是因其洁白无瑕的花朵，再则是其馥郁的芳香。事实上，它所吸引的不仅有人，还有各种蜂蝶和虫儿。有人凑近了去观看或摘取栀子花，却不免因花瓣内、花蕊中的小黑虫儿而扫兴。但是，这怨不得栀子。你若喜欢栀子，就要能够与世间万物共享这份美丽。

栀子花开，固然美丽非凡；而我最喜欢的，还是将开未开的花骨朵，它呈现纺锤的形状，两头尖尖、中间饱满，花瓣整齐紧致地卷在一起，花骨朵上有着淡绿色的螺纹——那是花瓣边缘的颜色。

我还记得小时候在乡下，栀子花开的时节，不论是小姑娘还是老奶奶，都喜欢摘下一支花骨朵，别在衣襟上、扣眼里，或者养在净水中。将开未开的花骨朵，最受欢迎。这是最富乡土气息、也最清新脱俗的时尚。

事实上，栀子不仅花朵可以供人欣赏，它还“浑身都是宝”。尤其是栀子的果实，颜色橙红，用水萃取可以获得黄色染料，这在古代是重要的染料来源；同时，栀子果实还可以入药。不过，栀子的花朵是如此夺目，恐怕没有几个人关注过栀子的果实长什么样吧。

关于栀子的古典诗词，也是不少：

江头四咏·栀子

唐　杜甫

栀子比众木，人间诚未多。
于身色有用，与道气伤和。
红取风霜实，青看雨露柯。
无情移得汝，贵在映江波。

杜甫的这首诗，像是一篇朴素平实的说明文：栀子这种植物，在世间的确不多见；它的颜色很耐看，气味却浓烈得超出了正常“阈值”——这是杜甫从儒家“中庸”之道出发的想法；秋日可收取红色的果实，春日可赏看青绿的枝叶；我把你移栽过来啊，花色倒映在江波之上，真是好看呢……

而更有生活气息和文学意象的栀子花，来自这首诗中的描绘：

雨过山村

唐　王建

雨里鸡鸣一两家，竹溪村路板桥斜。
妇姑相唤浴蚕去，闲着中庭栀子花。

江南山村，鸡鸣犬吠，小桥流水。农家是世外桃源，农家是人间烟火。麦子金黄，男人们在田地里劳作；蚕宝宝越长越大，“沙沙”地吃着桑叶，女人们像照料孩子一样悉心照料蚕儿。农家小院里的栀子花，仿佛被人们冷落了。不过，哪怕是孤芳自赏，也要讲究到极致，这就是栀子花的活法。

风物四

梅子熟

随着芒种节气的到来，长江流域的梅雨季也越来越近。中国人很善于用代表性的植物来为时令命名，“梅雨”就是一例——此时正值黄梅成熟季。“杏花雨”“黄梅雨”“梧桐雨”……这些中文词汇是多么浪漫和富于诗意啊！

关于梅子和梅雨的诗词，不计其数。南北朝诗人庾信在《奉和夏日应令》中写道：“麦随风里熟，梅逐雨中黄。”可见古人早就关注到，麦子成熟时，也正是梅子成熟时、梅雨到来时。至于南宋诗人赵师秀的“黄梅时节家家雨，青草池塘处处蛙”，曾几的“梅子黄时日日晴，小溪泛尽却山行”，人们更是耳熟能详。

而在这里，我想介绍一首更为古朴的诗歌：

摽有梅

诗经·国风·召南

摽有梅，其实七兮。
求我庶士，迨其吉兮。

摽有梅，其实三兮。
求我庶士，迨其今兮。

摽有梅，顷筐塈之。
求我庶士，迨其谓之。

上海浦东有一座很大的世纪公园，园中有一片梅林，颇有名气。我曾于立春时节的艳阳天在园中赏梅，也曾在芒种时节的梅雨天里看见散落一地的青黄色梅子，三三两两，滚圆饱满。

“摽有梅”，梅子从树上掉下来，一颗两颗落在采摘姑娘的头上。这个过程，就像苹果掉在牛顿头上一样，激发了人类的无限灵感。姑娘看着地上的梅子，虽然没有发现地心引力，但是她产生了另一种伟大的联想：梅子成熟了，就要“梅熟蒂落”；青春无价，难道不该勇敢追求爱情吗？

“摽有梅，其实七兮。”梅子掉下来啦！目测树上还有七成梅子。“求我庶士，迨其吉兮。”追求我的小伙子们，你们赶紧吧！

“摽有梅，其实三兮。求我庶士，迨其今兮。”树上的梅子还剩下三成，只剩下三成！你们还等啥？要追我，就趁今天吧！

“摽有梅，顷筐塈之。”梅子全掉下来了，一个一个青绿的小圆球，点缀在绿莹莹的草地上。趁着黄梅雨没有落下来，赶紧捡起梅子，整筐整筐地装起来。“求我庶士，迨其谓之。”追求我的好男儿，你就大大方方地开口吧！

芒种时节，梅熟蒂落，我们有一位老朋友——诗人范成大也注意到了：

喜晴

宋　范成大

窗间梅熟落蒂，墙下笋成出林。
连雨不知春去，一晴方觉夏深。

原来，范成大不仅创作了组诗《四时田园杂兴》，还写过这么一首鲜见的六言诗。“窗间梅熟落蒂”，窗外梅子成熟了，饱满金黄；窗外梅子熟透了，一颗颗落到地上。“墙下笋成出林”，他曾在《春日田园杂兴》中写道：“舍后荒畦犹绿秀，邻家鞭笋过墙来。”那个时候，邻居家竹子的根从地底横穿过来，长出了竹笋的嫩芽。一转眼，一丛春笋变成了一丛夏竹！“连雨不知春去，一晴方觉夏深”，真是“流光容易把人抛”！

夏至诗话

美食、芭蕉与繁花

夏至，是夏天到了的意思吗？当然不是。“至”是极的意思。夏至一般在公历6月21～22日，太阳到达黄经90°时。《月令七十二候集解》中说：“夏至，五月中。《韵会》曰：夏，假也；至，极也。万物于此皆假大而至极也。”

每年夏至这一天，太阳直射在北回归线上，北半球的白昼最长、黑夜最短。如果插一根竹竿在地上，这一天的正午影子最短；如果正巧插在北回归线上，竹竿在正午是没有影子的。

粽香筒竹嫩，炙脆子鹅鲜

在夏至这个特殊的日子里，古人会做些什么事呢？

和梦得夏至忆苏州呈卢宾客

唐　白居易

忆在苏州日，常语夏至筵。
粽香筒竹嫩，炙脆子鹅鲜。
水国多台榭，吴风尚管弦。
每家皆有酒，无处不过船。
交印君相次，褰帷我在前。
此乡俱老矣，东望共依然。
洛下麦秋月，江南梅雨天。
齐云楼上事，已上十三年。

白居易是一位热爱生活的诗人，是一位对时令相当有感情的诗人。《和梦得夏至忆苏州呈卢宾客》这首诗，是白居易晚年在洛阳所写。在那个夏至日，白居易宴饮朋友，与刘梦得（刘禹锡）一唱一和，吟诗赠与筵席上一位卢姓宾客。而唱和的主题，则是十三年前，大家在苏州一起度过的一个夏至日。

白居易中年时期，曾先后在江南的杭州、苏州等地任过职，那应该是他最舒心的一段日子。江南的良辰美景，值得用一生来铭记。

“忆在苏州日，常语夏至筵。粽香筒竹嫩，炙脆子鹅鲜。”回忆在苏州的夏至，印象最深刻的，是美食。古人吃食，非常讲究时令。诗中提到了粽子，在古代也叫“角黍”。中国人吃粽子的历史极其悠久，而且，也并不限于端午这个节日。何况，端午节与夏至日，总是前后脚到来。此时，箬竹、芦苇等禾本科植物正繁茂，它们的叶子硕大，清香沁鼻，最适合用来包裹粽子。中国人的粽子，从“包装”到“内容”，都是不拘一格、丰富多彩的。在白居易的诗中，我们看到，竹筒饭也可以是粽子的一种，正所谓“粽香筒竹嫩”。

如果说竹筒饭是主食，那么烤鹅就是一道“硬菜”。“炙脆子鹅鲜”，炙烤出来的鹅，外脆里嫩，鲜香无比。

这几句诗，色香味俱全，充分体现了中华美食的历史悠久、博大精深。

“水国多台榭，吴风尚管弦。每家皆有酒，无处不过船。”姑苏的美景，又是令人赏心悦目的一桩事。江南水乡，处处是小桥，水边多台榭。此地物阜民丰，人们仓廪实而知礼节，丝竹管弦之声不绝于耳。小船与画舫，载酒而行，穿梭在纵横交错的河道上，真是人间天堂呀。

“洛下麦秋月，江南梅雨天。齐云楼上事，已上十三年。”我们在“芒种诗话”中讲到白居易的《观刈麦》，从芒种到夏至，正是中原地区集中收割麦子的时节。洛阳地处中原，农历五月，正是麦秋之月；而遥望江南，此时该是梅雨连连之时吧？

十三年前，苏州齐云楼上的那顿夏至宴，令人回味到如今。

窗前谁种芭蕉树？

夏至之日，“万物于此皆假大而至极也”。何谓“假大”？用现在的话说，就是草木繁盛葱茏。夏至草木，我想首先介绍芭蕉。

添字丑奴儿

宋　李清照

窗前谁种芭蕉树，阴满中庭。
阴满中庭。叶叶心心，舒卷有馀情。

伤心枕上三更雨，点滴霖霪。
点滴霖霪。愁损北人，不惯起来听。

江南的古典园林，粉墙黛瓦，小桥流水，曲径通幽。但是，透过各式的砖砌花窗，如果没看到芭蕉树，园林好像总少了些神韵。而芭蕉出场的最佳季节，是在夏天。

遥想当年，宋朝北方沦陷，山东姑娘李清照逃难到江南。“窗前谁种芭蕉树”，见惯了大梨大枣的她，初见芭蕉，对于如此迥异的枝叶花果，自然倍感新奇。

李清照仔细地观察着芭蕉。芭蕉的美，在于春天蜷曲的、嫩绿的新芽；在于夏日舒展开来、肥绿的、巨大的叶片，在于紫红色的花瓣和嫩黄的花蕊，真可谓“叶叶心心，舒卷有馀情”；芭蕉的美，还在于秋冬季节半枯半绿的可怜模样。芭蕉的果实比香蕉小，据说苦涩多籽，不堪食用，不知有哪个调皮的孩童尝试过？

夏日庭院里，不论日头多么毒辣，有了芭蕉，人们马上就进入“心静自然凉”的境界；如果是在雨夜，请做好心理准备，那雨打芭蕉的滴滴答答，加之李清照国破家亡的心境，可真是要令人枕上辗转到三更。

中国古典诗词里的芭蕉，大多出现在夏日场景里。譬如，南宋末年诗人蒋捷，在《一剪梅·舟过吴江》中写道：“流光容易把人抛，红了樱桃，绿了芭蕉。”春末夏初，诗人泛舟吴江，满目江南风物，特别是红樱桃与绿芭蕉，不禁令人感慨似水流年、天涯羁旅。

再如，南宋诗人杨万里在《闲居初夏午睡起》中写道：“梅子留酸软齿牙，芭蕉分绿与窗纱。”炎炎夏日，何以解暑？酸爽的梅子给人味觉上的享受，深绿的芭蕉给人视觉上的清凉。

夏日花仙子

我曾于酷暑在上海的公园中漫步，虽然汗流浃背，却有一样令人欣喜的发现，那就是——夏花绚烂。荷花、紫薇、木槿、凌霄、向日葵、夹竹桃、金银花……它们将清新与热烈奇妙地组合于一体，愈热愈美丽，宛如夏日的仙子。

我们常常夸赞冬日凌寒开放的花朵，其实，在夏日高温里绽放的花儿，同样值得赞美。这里，我想跟大家分享几种古诗文里的“花仙子”：

木兰花

宋　晏殊

紫薇朱槿繁开后，枕簟微凉生玉漏。
玳筵初启日穿帘，檀板欲开香满袖。

红衫侍女频倾酒，龟鹤仙人来献寿。
欢声喜气逐时新，青鬓玉颜长似旧。

晏殊是高官，也是一位著名词人。他最喜欢在清闲日子里侍弄花草、宴饮宾客、观赏歌舞。在他的许多词作里，都有紫薇与朱槿两位“花仙子”的身影：“朱槿开时，尚有山榴一两枝”（《采桑子》），朱槿花开时，曾经红红火火的石榴花交出了“接力棒”；“紫薇朱槿繁开后，枕簟微凉生玉漏”（《木兰花》），仲夏时节，紫薇与朱槿繁花似锦；直到夏末秋初，花园里仍是“紫薇朱槿花残，斜阳却照阑干”（《清平乐》），连凋谢残败都能那么美。我敢说，没有这一丛丛紫薇与朱槿，晏殊应该写不出那么多好词。

我们先说紫薇。这是一种灌木或小乔木，南北方均有广泛种植。紫薇夏日开花，有的开紫花，有的开粉花，有的开白花。紫薇的花细小而繁密，花朵层层叠叠，既精美又娇嫩。

紫薇花不仅美，而且花期很长，所以又称“百日红”。南宋诗人杨万里在《凝露堂前紫薇花两株，每自五月盛开，九月乃衰》一诗中写道：

似痴如醉弱还佳，露压风欺分外斜。
谁道花无常百日，紫薇长放半年花。

在貌似娇弱的外表背后，是对高温天气的极限忍耐。“每自五月盛开，九月乃衰”，请你掐指算一算，这紫薇的花期，长达四五个月，是不是足有百日以上？

我们再说朱槿。它是一种高大的灌木，枝叶墨绿，花朵的形状多为重瓣，花蕊很长，像极了凤鸟的尾羽。因为花朵一般呈现出朱砂般的正红色，所以得名朱槿。

它还有一个相当美的别名，叫作“扶桑”。《山海经》中记载，扶桑花开放在大海之东、太阳初升的地方。我想，如果不是有着惊心动魄的美，人们怎么会把它安排到海天仙境？

说完朱槿，我们来说木槿——它们本是出于同源的“姐妹花”。木槿的花形如同一个喇叭，花色一般是淡淡的紫色。木槿花的看点是花柱，长、大且直，缀满花粉，好像一株珊瑚。朱槿的别称“扶桑”很美，木槿的别称也毫不逊色，叫作“舜华”“舜英”。“舜华”有多美，我们可以在《诗经》中找到答案：

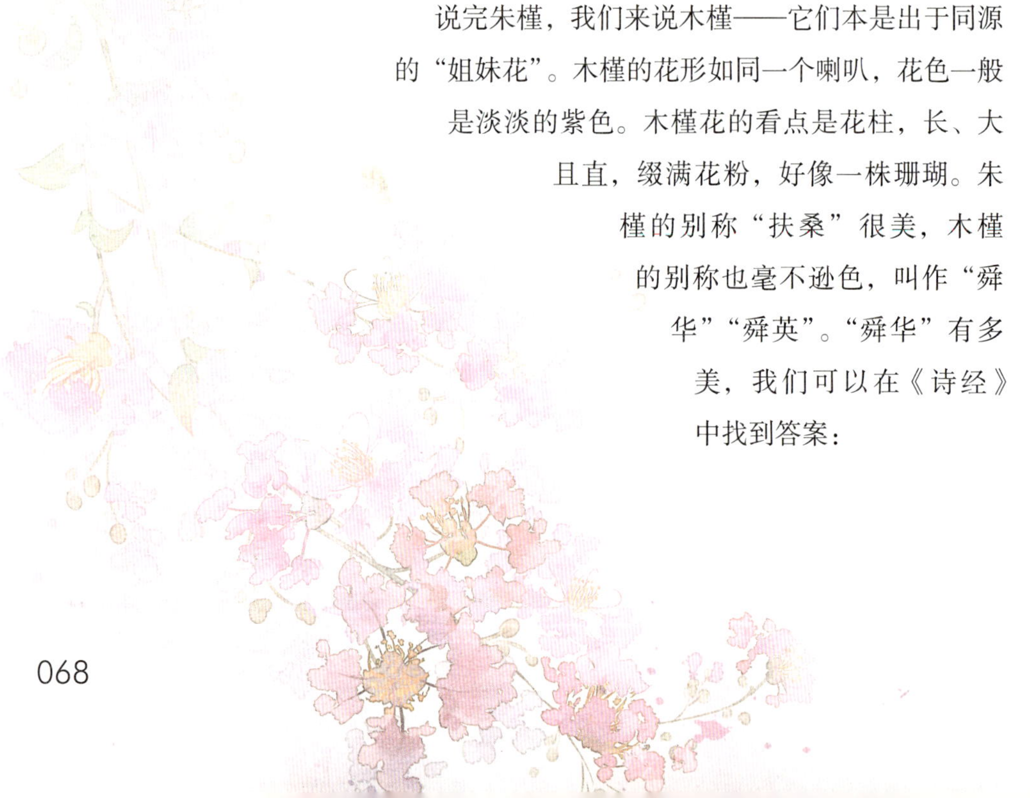

有女同车

诗经·国风·郑风

有女同车，颜如舜华。
将翱将翔，佩玉琼琚。
彼美孟姜，洵美且都。

有女同行，颜如舜英。
将翱将翔，佩玉将将。
彼美孟姜，德音不忘。

这首诗，并没有正面描写木槿，也就是“舜华”的美丽。但是，诗人用“舜华”来比喻一位绝世美人。美人与诗人同车，这诗人不免一阵感慨：你的美貌，就像夏日清晨带露的木槿花；你的姿态，就像翱翔的轻盈鸟儿；你的妆容和打扮，如同美玉温润而清朗，发出悦耳的锵锵声；你都离开半晌了，举止那么娴雅大方，美好声誉那么令人难忘……

“颜如舜华”，这是对美人的至高礼赞，更是 种对花儿的至高褒奖。

小暑诗话

盛夏的果实

小暑是夏季的第五个节气，时间在每年公历7月7～8日，太阳到达黄经105°时。

《月令七十二候集解》上说："小暑，六月节。《说文》曰：暑，热也。就热之中分为大小，月初为小，月中为大，今则热气犹小也。"意思是说，小暑一般在农历六月，因此也被称为"六月节"。六月初为小暑，六月中为大暑。所谓"小"，指此时热气还比较"小"，但仍将节节攀升，到大暑时达到极致。

小暑到了，盛夏也就开始了。此时，诸多盛夏的果实已经成熟，中国人尽享"水果自由"。

乌鲁木齐
西宁
兰州
拉萨
成都
昆明
温带水果
苹果
梨
葡萄
桃
亚热带、热带水果
柑橘
龙眼
荔枝
香蕉

中国部分水果资源分布示意图

风物一

西瓜

盛夏的果实，首选瓜类。

在很长一段时间里，中国诗歌里的“瓜”，主要指甜瓜。《诗经·豳风·七月》中提到，“七月食瓜，八月断壶”，就指农历七月吃瓜甜如蜜，八月摘葫芦。

而今天，我们要重点讲一种“舶来品”——西瓜。西瓜原产非洲，相传古埃及人曾栽培过西瓜。我们在纪录片《水果传》中可以看到，在非洲，当地原住居民依然采食原始品种的西瓜，它的皮很厚、瓤不多，似乎也不甜。除了水分多这一项，原始西瓜跟现代品种几乎没有相似之处。

在中国古代，西瓜被称为“寒瓜”。它首先是在西域、河西等西北地区种植，中原并不多见。直到宋元以后，西瓜才渐渐在中原流传开来，“西瓜”的名字也开始出现：

西瓜园

宋　范成大

碧蔓凌霜卧软沙，年来处处食西瓜。
形模濩落淡如水，未可蒲萄苜蓿夸。

著名田园诗人范成大实地考察了一番种植西瓜的园子。“碧蔓凌霜卧软沙”，范成大的田野调查很仔细，并且抓住了西瓜种植的要害——得在沙土地上种植。油黑发亮、小甲虫一般的西瓜籽种到地里，生长出碧绿的藤蔓，开花、结果，果子渐渐长大，圆滚滚、横七竖八地躺在松软的沙土上。待到盛夏时节，你就可以做一个“吃瓜群众”了！

西瓜的味道怎么样呢？至少在范成大的舌尖上，它并没有获得至高的评价。

“形模濩落淡如水，未可蒲萄苜蓿夸”，水分虽然很足，但是颇为寡淡呀！他以为，这个外来物种，其重要性不能跟张骞通西域带来的蒲萄（葡萄）、苜蓿相比！

不得不说，范成大做了个误判。他可能想不到，今天，中国人种植和消费了世界上一半以上的西瓜。没有哪个中国人，能够忍受没有西瓜的夏天。

同样是南宋诗人，下面这位顾逢与范成大不同，他对西瓜的评价颇高：

西瓜

宋　顾逢

多自淮乡得，天然碧玉团。
破来肌体莹，嚼处齿牙寒。
清敌炎威退，凉生酒量宽。
东门无此种，雪片簇冰盘。

可见，在南宋时期，西瓜已经在江淮地区得到较为广泛的种植。它的样子，是“天然碧玉团”；它的口感，是“嚼处齿牙寒”；它的效果，是“清敌炎威退”；它的样子，则是“雪片簇冰盘”。能把西瓜描绘得如此诗情画意，着实令人佩服！

我们都读过南宋民族英雄文天祥的爱国诗篇，但其实，他也有热爱生活的一面：

西瓜吟

宋　文天祥

拔出金佩刀，斫破苍玉瓶。
千点红樱桃，一团黄水晶。
下咽顿除烟火气，入齿便作冰雪声。
长安清富说邵平，争如汉朝作公卿。

“拔出金佩刀，斫破苍玉瓶”，这个“切西瓜”的动作真豪爽，西瓜就得这么吃；“千点红樱桃，一团黄水晶”，看来他吃到的不是红瓤西瓜，而是黄瓤西瓜。而这西瓜的口感也真是令人拍案叫绝：“下咽顿除烟火气，入齿便作冰雪声。”

风物二

葡萄

说完西瓜，我们来说葡萄。

在古代，“葡萄”的写法着实不少，除了“葡萄”，还有“蒲陶”“蒲桃”“蒲萄”等，后来渐渐固定为“葡萄”这两个字。在古汉语里，单音节词是主流，双音节词很多是音译过来的外来词，例如“刹那”“菩萨”“苜蓿”和“葡萄”等。这样的词，你把两个字拆开，各自没有独立含义。因为是外来词，译名一开始不一致，后来渐渐统一，也是符合语言文字发展规律的。

西汉张骞通西域后，葡萄被带入中原。《史记·大宛列传》记载，张骞出西域回到长安后，向汉武帝报告，大宛“在匈奴西南，在汉正西，去汉可万里。其俗土著，耕田，田稻麦。有蒲陶酒”，安息“在大月氏西可数千里。其俗土著，耕田，田稻麦，蒲陶酒”。可见，当时的西域诸国，已经普遍栽种葡萄，酿造葡萄酒。

通过张骞的“西域报告”，我们可以获得一个重要信息：在古代，葡萄的酿酒功用，毫不亚于食用。这其实也是由葡萄的生物特性决定的：这种水果太柔嫩多汁了，在当时的条件下，没法长时间保存和远距离运输，但酿成酒就可以。

所以，我们十分熟悉的王翰的《凉州词》中这样写道：“葡萄美酒夜光杯，欲饮琵琶马上催。”凉州地处河西走廊，当时上好的葡萄和美酒，大多产自中国的西部地区。

那么，怎样能够享用新鲜葡萄、实现“葡萄自由”呢？你可以亲自栽种葡萄：

题张十一旅舍三咏·葡萄

唐　韩愈

新茎未遍半犹枯，高架支离倒复扶。
若欲满盘堆马乳，莫辞添竹引龙须。

张十一名张署，他是韩愈的好朋友，两人有很多唱和。韩愈写过一组《题张十一旅舍三咏》，分别咏榴花、葡萄和水井。咏榴花诗，我们在“芒种诗话”中讲过；而在这里，我们读到了咏葡萄诗。“新茎未遍半犹枯，高架支离倒复扶”，葡萄是多年生藤本植物，它的茎干看上去十分枯槁，外皮龟裂剥落，令人难以想象，它的果实居然如此玲珑剔透。张十一庭院里的这株葡萄，枝枝蔓蔓，东倒西歪。目睹此景，韩愈给张十一提出了合理化建议：“若欲满盘堆马乳，莫辞添竹引龙须。”“马乳”，就是著名的马奶葡萄。张十一呀，你要想收获满筐满盘的马奶葡萄，就要不辞辛劳，给您的葡萄多搭一些竹架，让这些龙须般的藤蔓有地方可攀缘。这样，我们就可以在盛夏时节，坐在清凉的葡萄架下，品尝美味的葡萄啦！

辛弃疾也写过葡萄：

赋葡萄

宋　辛弃疾

高架金茎照水寒，累累小摘便堆盘。
喜君不酿凉州酒，来救衰翁舌本干。

所谓“凉州酒”，就是王翰《凉州词》中所说的葡萄美酒吧？辛弃疾是一位好酒之徒，因为好酒，总是口干舌燥。这一次他没有期盼主人拿着葡萄去酿酒，而是直接吃上了“累累小摘便堆盘”的葡萄，认为这可以“来救衰翁舌本干”。

最后，我想说的是，中国本土也有类似葡萄的物种。《诗经·豳风·七月》中有一句，“六月食郁及薁”，“薁”可能就是一种野葡萄。不过，据说这种葡萄小而酸涩，并没有成为人们广泛食用的品种，渐渐远离了中国人的舌尖。我小时候在乡下，似乎也见过野葡萄的植株和果实，但未见有人采摘这种东西，其味道也可见一斑了。

风物三

荔枝

我们接着说一种盛夏的果实——荔枝。

前文讲到的西瓜和葡萄，都是外来物种，我们中国人却惯于将其当作本土物种，也许是因为栽培、食用比较广泛；荔枝，虽然是中国的本土物种，却自带一种“异域情调”，也许是因为它的生长地域比较受限，尤其在古代，它是难得一见、难得一吃的水果。

荔枝的食客中，最著名的要数唐朝的杨贵妃：

过华清宫绝句三首·其一

唐　杜牧

长安回望绣成堆，山顶千门次第开。
一骑红尘妃子笑，无人知是荔枝来。

杨贵妃与唐明皇住在华清宫里，每到夏天，她最喜爱的就是荔枝。为了满足杨贵妃的愿望，唐明皇要求每年荔枝成熟时，用驿路快马进贡。“一骑红尘妃了笑，无人知是荔枝来。”快马飞驰、尘土飞扬，驿使不敢有丝毫懈怠，目睹此景，平民百姓以为他们在传递十万火急的军国文书。有谁知道，这竟然是为了传递博杨贵妃一笑的荔枝呢？

那么问题来了，杨贵妃所吃的荔枝，到底来自哪里？是我们今天习以为常的那样，来自岭南两广地区吗？有一种说法是，杨贵妃出生在蜀地，她所吃的荔枝，也产自巴蜀地区，即今天的四川、重庆一带。也许，她怀念的是童年的味道吧？

这荔枝虽不是来自遥远的岭南，运送起来也非常艰辛。从蜀地入关中跋山涉水，要走以艰险著称的“蜀道”，连续翻越大巴山、秦岭两座山脉。

如此巨大的成本，终究要老百姓来承担；如此奢靡的生活，需要当事人付出高昂的代价。对唐玄宗来说，是天下大乱、生灵涂炭；对杨贵妃来说，是马嵬坡前香消玉殒。

巴蜀自古产荔枝，有文献记载为证：

荔枝图序

唐　白居易

荔枝生巴峡间。树形团团如帷盖，叶如桂，冬青；华如橘，春荣；实如丹，夏熟。朵如葡萄，核如枇杷，壳如红缯，膜如紫绡，瓤肉莹白如冰雪，浆液甘酸如醴酪。大略如彼，其实过之。若离本枝，一日而色变，二日而香变，三日而味变，四五日外，色香味尽去矣。

元和十五年夏，南宾守乐天，命工吏图而书之，盖为不识者与识而不及一二三日者云。

“元和十五年夏，南宾守乐天”，白居易当时正担任南宾（今重庆忠县）太守。他的这篇文章，是一则精彩的植物学说明文。“朵如葡萄，核如枇杷，壳如红缯，膜如紫绡，瓤肉莹白如冰雪，浆液甘酸如醴酪”，原来文字可以如此活色生香！

此文是为一幅图画所作，而从白居易细致入微的描述看，他不仅看过图画上的荔枝，一定也见过荔枝、吃过荔枝，明白个中滋味，因为“荔枝生巴峡间”，南宾正在巴峡中。画这幅画，“盖为不识者与识而不及一二三日者云”，就是为了给那些没见过荔枝，以及没见过摘下三天内荔枝的人士看的。

至于岭南地区的荔枝，还需要到宋朝，有一位“大咖”来为它们代言：

惠州一绝

宋　苏轼

罗浮山下四时春，
卢橘杨梅次第新。
日啖荔枝三百颗，
不辞长作岭南人。

“一肚皮不合时宜”的苏轼，当时已经五十多岁，被朝廷贬谪到岭南惠州（在今广东省）。在这片蛮荒之地，他也找到了“此心安处是吾乡”的寄托。而其中最令他欢喜的，就是荔枝。“日啖荔枝三百颗，不辞长作岭南人”，为了嘴上快活，哪里还要什么“健康管理”？

大暑诗话

古诗词里的荷花，有多少种『写法』？

大暑，是夏季的最后一个节气，在公历7月22～24日，太阳到达黄经120°时。大暑节气，正值三伏天的“中伏”，中国大部分地区都处于一年中最热的时期。

其实，每个时令都有它的“花信风”。盛夏时节的“花信风”，毋庸置疑，是荷花。荷花是多年生水生草本植物。当你顺口说起“荷”“莲”这些词汇时，你可能都没有意识到，中国人竟然赋予这种植物如此繁多的名称——荷花、莲花、藕花、芙蓉、菡萏、芙蕖……每个名称都有一种“天然去雕饰”的美。

语言，是人类意识的镜像。这种“多名”现象说明，中国人很熟悉荷花，也很喜爱荷花。那么，中国古诗词里的荷花，到底有多少种“写法”？

荷华

古老的《诗经》里，已经有关于荷花的描写。

山有扶苏

诗经·国风·郑风

山有扶苏，隰有荷华。
不见子都，乃见狂且。

山有乔松，隰有游龙。
不见子充，乃见狡童。

诗中用来比兴的，是几种常见而令人喜爱的植物：“山有扶苏，隰有荷华”，山坡上有茂盛的扶苏（一说桑树），池塘里有盛开的荷华（荷花）；“山有乔松，隰有游龙”，山上有高大的青松，湿地边是丛丛簇簇、穗子红艳艳、有着优美曲线的游龙（马蓼）。如果你见过马蓼，一定会佩服古人的观察力，“游龙”这个名字贴切而生动。

盛夏时节，生机勃勃。山丘低缓，草木葱茏。满池荷花盛开，小小的莲蓬三三两两，氤氲的荷香弥漫在四周的空气里。这可真是一个恋爱的季节。荷花一般清新的女子，对着追求她的男孩子，伶牙俐齿地怼了起来：“不见子都，乃见狂且”“不见子充，乃见狡童”。

与这首诗类似，我们再看一首用荷花来比兴的诗歌：

泽陂

诗经·国风·陈风

彼泽之陂，有蒲与荷。
有美一人，伤如之何？
寤寐无为，涕泗滂沱。

彼泽之陂，有蒲与蕑。
有美一人，硕大且卷。
寤寐无为，中心悁悁。

彼泽之陂，有蒲菡萏。
有美一人，硕大且俨。
寤寐无为，辗转伏枕。

与《山有扶苏》的“大女主”形象不同，这首《泽陂》的“女主”，是一位小鸟依人的人物，她苦苦思念那位“硕大且卷”（身材修长容貌好）“硕大且俨”（身材修长风度好）的男子，为他辗转反侧，无法入眠。

这首诗，同样用荷花等植物来比兴。“彼泽之陂，有蒲与荷”“彼泽之陂，有蒲与蕑”“彼泽之陂，有蒲菡萏”，蒲草还是那些蒲草，但荷花已经换了两次名字：荷和菡萏。

芙蓉

两汉时期，在民间乐府诗歌的滋养下，文人诗不断兴盛和发展，中国最古老的五言诗开始出现，其中的代表作就是《古诗十九首》。《古诗十九首》，首首是经典，我们介绍其中的一首：

涉江采芙蓉

汉　佚名

涉江采芙蓉，兰泽多芳草。
采之欲遗谁？所思在远道。
还顾望旧乡，长路漫浩浩。
同心而离居，忧伤以终老。

芙蓉，也是荷花。

读了这首诗，我们仿佛看到一位多愁善感的女子，在开满芙蓉的江边徘徊。

“涉江采芙蓉，兰泽多芳草。”为什么是“涉江”，而不是“涉河”？在中国古代，“江”最早专指长江，后来泛指南方的河流；“河”本来专指黄河，后来泛指北方一带的河流。而莲，原生多水而夏日湿热的中国南方，多与江湖相依。

芙蓉、兰泽、芳草，这些词汇很容易让我们想起浪漫的楚辞；多愁善感的情调，也很容易让我们想起个性鲜明的屈原。

“涉江采芙蓉，兰泽多芳草”，我踏过江水采荷花，也许是赤足，也许驾着小船，又去采摘江边湿地生长的花。

“采之欲遗谁，所思在远道”，采了芙蓉送给谁？送给远方的良人。良人在哪里？

“还顾望旧乡，长路漫浩浩。同心而离居，忧伤以终老”，良人在远方的故乡，长路漫漫；我们的心在一起，我们的身远隔千里；想到这里，忧伤难以排解，伴随我终老一生。

“荷华”也好，“芙蓉”也好，总令人想到这斩不断的情丝。也许，这是因为莲藕的根茎，总是丝丝相连吧。

莲

“莲”，原本指荷花的果实，即莲蓬或莲子。后来，“莲”这个字也开始指代它的花朵。人们在采莲上寄托的情感，除了男女的相思，还有孩童的野趣：

池上

唐　白居易

小娃撑小艇，偷采白莲回。
不解藏踪迹，浮萍一道开。

乡下的孩子，夏天里经常呼朋引伴、打着赤膊去荷塘玩耍。这一天，他们“蓄谋已久”，要划着荷塘边无人看管的小艇，去池塘中采集硕大美丽的白莲花。

天热，可以摘一片荷叶顶在头上。最恼人的还是梗，表面布满了小刺。这是植物千百年来进化出的一种自我保护机制，就像枣树的刺、榴莲的气味。小艇划过荷塘，孩子们的身上留下一缕缕细密的划痕，但没有人在乎这些。

莲叶之间布满细密的浮萍，小鱼、小虾躲在浮萍的下面睡午觉。小娃们的小艇驶过来，对它们来说就像一艘巨舰，鱼虾们炸锅一般惊慌避让。小艇过后，在浮萍中劈开一道波纹，久久不能聚合。小娃们简单的小脑袋里，还不晓得这样“超级机密”的举动，根本骗不过大人的眼睛。

白莲被一朵朵地采下，莲蓬的收成便少了。不过，这样没心没肺的恶作剧，谁没在小的时候干过呢？谁又会真的去责怪他们呢？

我们可以再看一首唐诗：

采莲曲

唐　王昌龄

荷叶罗裙一色裁，芙蓉向脸两边开。
乱入池中看不见，闻歌始觉有人来。

你留意到没有，“莲”“荷”“芙蓉”等词汇，被浑然天成地融汇到这首诗中。

江南可采莲。江南在哪里？就在王昌龄的诗里面。江南盛产清新脱俗的芙蓉，也盛产跟芙蓉一样美丽的女子。莲花与女子，是绝佳的一对儿。“荷叶罗裙一色裁，芙蓉向脸两边开”，姑娘们穿着碧绿色的衣衫，有着芙蓉一般的脸蛋，脸色白里透红，这是阳光和劳动的赐予，深闺中的苍白不可与之同日而语。

年轻健美的姑娘们，坐在木舟中，乱入池中，一边劳作，一边唱歌。她们一张口，就是清亮亮的“江南可采莲，莲叶何田田”，阵阵歌声直上碧霄。如果不是这歌声，怎能发现莲花丛中还隐藏着莲花一般的女子？

藕花

藕，不是莲的根，而是它的地下茎。跟很多植物直立在空气中的茎相比，藕的不同之处在于：第一，它生长在水下的污泥之中；第二，它横着生长；第三，它有

节、有孔；第四，它可以食用，口感鲜嫩。因为奇特的生长方式，植物学家把它归类为“变态茎”。

渐渐地，跟莲花类似，人们也用“藕花”来称呼这荷花。

如梦令

宋　李清照

常记溪亭日暮，沉醉不知归路。
兴尽晚回舟，误入藕花深处。
争渡，争渡，惊起一滩鸥鹭。

在这里，荷花成了青年朋友野趣的寄托。

李清照是大家闺秀，但是大家闺秀不等于“大门不出，二门不迈”。在二八年华的少女时代，她活泼得像个假小子。盛夏时节，她向荷花荡的深处划过去，去往湖中央的小溪亭。喝酒、品茶、赏荷、作词、吃果子，好不痛快。

当日头西斜，长腿的鹭鸶、短腿的野鸭子，都躲到荷叶下休憩，嘴巴插在翅膀里，眼睛似闭非闭。李清照打道回府，两颊泛着微醺的红晕。借着一点点酒劲，将船橹一阵乱摇。“扑刺刺！”一群水鸟飞起，这船也不知道摇到哪个角落里去了。那个年代没有手机，更没有卫星地图定位，归途何在？且慢慢寻觅，反正她已经尽兴……

荷花

《诗经》中的“荷华”，原本就是“荷花”，因为“华”“花”相通。而把“荷花”写到家喻户晓的，还要数南宋的杨万里：

小池

宋　杨万里

泉眼无声惜细流，树阴照水爱晴柔。
小荷才露尖尖角，早有蜻蜓立上头。

晓出净慈寺送林子方

宋　杨万里

毕竟西湖六月中，风光不与四时同。
接天莲叶无穷碧，映日荷花别样红。

仔细观察你会发现，杨万里的这两首诗，时令上是有先后差异的。《小池》是初夏，因为“小荷才露尖尖角”。趁天气还不算太热，我们可以去看看卷卷的荷叶、尖尖的花苞，还有飞舞的红蜻蜓。

而到了《晓出净慈寺送林子方》，已是六月的盛夏景象。“接天莲叶无穷碧，映日荷花别样红”，茂盛的莲叶像波浪一样随风翻滚，盛放的花朵占满了整片水面，粉的、白的花瓣，金黄流苏一样的蕊，碧绿的小莲蓬，真是“清水出芙蓉，天然去雕饰”！太阳初升，日光透过荷花，那是别样的光与影。

今天的杭州西湖边，有一处风景名胜叫“曲院风荷”。据说，南宋的时候，这一带就已经种植荷花了。说不定，我们今天在“曲院风荷”看到的荷花，跟杨万里看到的是同一个植株，是绵绵不绝的生命延续。

立秋诗话

稻花香里说丰年

立秋，是秋天的第一个节气。立秋在每年公历 8 月 7 ~ 9 日，太阳到达黄经 135° 时。《月令七十二候集解》中说："秋，揫（jiū）也，物于此而揫敛也。"揫，同"揪"，就是聚敛、收集的意思。秋天一来，就到了收获的季节。

中国习惯以立秋作为秋季的开始，此后气温开始逐渐下降。不过，此时处于夏秋交替之际，依然有些暑热，"秋老虎"天气时常出现。

古人创设二十四节气，本意就是要根据物候时令的变化来指导农业生产。很多节气都与重要的农作物生产紧密相连。比如，我们在“小满诗话”中讲到“四月南风大麦黄”，在“芒种诗话”中讲到“夜来南风起，小麦覆陇黄”。而到了立秋时节，“主角”则是另一种重要的农作物——水稻。

西江月·夜行黄沙道中

宋　辛弃疾

明月别枝惊鹊，清风半夜鸣蝉。
稻花香里说丰年，听取蛙声一片。

七八个星天外，两三点雨山前。
旧时茅店社林边，路转溪头忽见。

辛弃疾出生于山东，自青年时代参加起义南下后，他一生中的大部分时间都在江南度过。赋闲的时候，他就在鹅湖山下享受田园生活。鹅湖山，位于今天的江西省铅山县境内；而他在这首词里所夜行的“黄沙道”，就在鹅湖山附近。

辛弃疾的诗词，并不是我们想象中的那样，都是沉雄豪迈的，他也有很多享受田园之美和天伦之乐的篇章，如《清平乐·村居》《浣溪沙·常山道中即事》《鹧鸪天·戏题村舍》等。

夏末秋初，宁静的夜。万物仿佛沉睡，其实可能只是“假寐”。惊鹊、鸣蝉、蛙声，包含了丰富的生物学知识。其实，除了枝头的鹊鸟，辛弃疾未必能亲眼见到藏在暗处的知了和青蛙，他对这些生物的感知，更多的是靠听觉。惊鹊之所以引起他的注意，主要也是“别枝”那一刻的鸣叫。我们还可以想象一下：水稻田里和附近的小溪边，藏着很多白鹭，它们单脚独立，把头插在自己的翅膀里休憩。听到动静，于是“扑剌剌”地飞起，在空中盘旋，又落在更远处的稻田里。

“稻花香里说丰年”，这是视觉的体验，更是一种嗅觉的体验。此时的稻田，白天是酷暑闷热的，夜晚却有清风拂面。细小的稻花，在微风下各自授粉，一点点飘落在稻田下平静的水面上——这水面，也只有一指深浅。江南水乡的片片稻田，组成一大片广袤的“稻海”，阵阵清香扑鼻而来。

此时的稻田，还是一个微观的生态系统，生活着鱼儿、虾蟹、泥鳅、鳝鱼、鳖……农人也许还会将鸭子赶入稻田去捉鱼捕虾，它们的排泄物同时可以成为稻子的“大餐”。

稻谷在灌浆，还不够丰满，但丰收已经可以预期。行走在稻田边，手脚可能会被长满毛刺的稻叶划出白痕或血痕。

在接下来的一个月里，水稻将要成熟，被收割归仓。到了秋分前后，大家就可以庆祝丰收了。

“两三点雨山前”，天气在瞬间阴晴转换，也是夏秋之交的典型景致。农历六七月，长江流域一面承受着副热带高压的酷热，一面还要不时经历台风和降水。台风将至的时候，我们可以看到天上瞬息万变的云卷云舒，还有一场场太阳雨。不要抱怨，高温和降水，都是水稻生长的标配。

这首《西江月》近乎白描，它好似以当下最流行的“短视频”形式，用诗人的眼睛当摄像机、耳朵当录音机，一切都是原生态的景象，展现出“小而美”。

图例

- 原始社会遗留的稻谷种子
- 汉代水稻分布北界
- 唐代水稻分布北界
- 明、清代水稻分布北界
- 现今水稻分布

水稻种植区划

1 华南双季稻区（双季三熟）	6 东北特早熟稻区
2 长江流域南部稻区（双季二熟为主）	7 北部半干旱稻区
3 长江流域北部稻区（单季一熟为主）	8 西北干旱稻区
4 华北单季稻区	9 云贵高原稻区
5 东北早熟稻区	10 青藏高原不宜稻区

中国水稻分布图

6
哈尔滨
5
长春
7
呼和浩特
沈阳
北京
天津
渤海
石家庄
太原
黄海
济南
河
4
郑州
黄
安
南京
合肥
上海
3
武汉
长
江
杭州
长沙
南昌
东海
福州
2
台北
广州
香港
澳门
1
海口
南海
广州
香港
南宁
澳门
海口
南
海
南海诸岛

稻作文明的起源与发展

稻作文明，是发源于东亚地区的独特农耕文明。

人类从什么时候开始在什么地方种植水稻？这是一个不容易回答的问题。近代以来，人们不断依靠考古学、基因学等手段，来探究稻作文明的起源。越来越多的证据表明，中国的长江中下游地区，可能就是水稻开始种植的地方。在长江中下游地区，中国的湖南、湖北、江西一带，已经发现了距今大约一万年的稻粒遗迹。在长江下游浙江余姚河姆渡遗址，人们发掘出已经炭化的残存稻粒，距今大约七千年。而在浙江良渚、上海崧泽等地，也有距今四五千年的稻作文明遗迹。

中国长江流域培育的水稻主流品种，叫作“粳稻”，后来又传播到朝鲜半岛、日本等地。

与“粳稻”并驾齐驱的另一种水稻，叫作“籼稻”，它的种植地主要在广东、广西等华南地区，以及越南、泰国等东南亚地区。北宋曾引进过“占城稻”，这就是一种籼稻，来自东南亚的湄公河下游地区。

“粳稻”与“籼稻”的区别显而易见：粳稻更加耐寒，主要在长江流域及更北的地方（比如东北）种植，茎叶短粗，稻米也短粗肥大，更有黏性；而籼稻主要在南方和热带地区种植，茎叶细长，稻米也细长，黏性不大。这么说，也许不够生动，如果用美食来举例，你应该会恍然大悟：日本寿司为什么能捏得起来，因为是用粳米做的，有黏性；港式煲仔饭为什么颗颗粒粒、散如珍珠，因为是用籼米做的。

有好奇心的人还会问：那么，糯米又是怎么回事？在稻米中，米质黏性特别强的一类变异类型，即糯稻。糯米为什么“糯”？奥秘在于淀粉。稻米中的淀粉有“直链淀粉”和“支链淀粉”两种。糯米中的“支链淀粉”含量很高，使其富有黏性。所谓“糯”者，富有黏性也。粽子、年糕、元宵等，都是用糯米磨粉做的。

稻作文明的“精细化管理”

稻作文明是一种典型的“精细化管理”农业文明。跟小麦、玉米等旱地作物相比，水稻对自然条件的要求更加苛刻。自古以来，中国人积累了丰富的稻作管理经验，这在北齐贾思勰的《齐民要术》、明朝宋应星的《天工开物》和明朝徐光启的《农政全书》等书籍里，都有详细的记载。

要种好一季稻子，无外乎“春种、夏耘、秋收、冬藏”这几个环节，我可以结合在皖东乡村的儿时记忆，给大家具体描述一下：

育种和插秧。春天泡稻种，等长出细细的小芽，这就是育种，像现在很流行的微型盆栽一样。然后，把发芽的稻种撒到水田里。等小秧苗长得密密匝匝时，把它们从水田里挖出来，用稻草扎成一捆一捆。然后，田埂上的人负责把成捆的秧苗抛到水田里，水田里的人把秧苗分成一棵一棵的，整齐地插在泥中，这就是插秧。插秧整日弯腰，把人累得不行；水里有蚂蟥，会叮在人的腿上吸血，拽也拽不掉，只能用火燎。

你还记得那些描写春光明媚时节的诗句吗？很多都暗含着稻作文明的细节。唐朝隐士张志和在《渔歌子》中写道：

西塞山前白鹭飞，桃花流水鳜鱼肥。青箬笠，绿蓑衣，斜风细雨不须归。

杏花春雨的江南，你最可能看到白鹭的地方，其实是农人翻耕后的水稻田。它们成群结队，认真地觅食谷粒、虫子和鱼虾。辛勤耕种的农人，穿蓑戴笠，风雨不归。

灌溉和除草。插秧之后，就要做田间管理。田里的水不能停，因此要经常引水灌溉。稻子抽穗之后，夏天到了，农人不能闲着，需要除草。稻田里的稗草，其实跟水稻是近亲，但要连根拔起，扔在田埂上晒死。除草需要在水田里劳作，十分辛苦。

收割与收藏。稻子开花了，结穗了，丰收的季节也快要到了。初秋时节，稻叶由绿转黄，稻穗饱满，穗头低垂。这个时候，农人要趁着好天气抢农时。用镰刀收割稻穗，再用板车运载到打谷场上。拖拉机拖曳着石磙转圈、为稻谷脱粒，农民用铁叉清除稻草、用大木板推拉收集稻粒，用大铁锹扬稻谷，在晒场上晒稻谷，最后用蛇皮袋或者麻袋装好稻谷，入谷仓。

稻谷收获后，古人用石臼舂米，现代人用机器碾米。碾出的白米是人类的食物，谷糠是鸡鸭的食物。收割后的水稻田，留下整齐的稻茬。人们用耕牛或者拖拉机拖曳犁耙翻田，为来年种植作准备。

这么一整套流程，够辛苦吧？够复杂吧？其实，哪里有什么田园牧歌，更多的是周而复始的坚持。当然，我的回忆，都是20世纪80年代的场景，如今的情形已经大不相同，随着插秧机、收割机、拖拉机等农用机械的普遍运用，随着“家庭农场”的兴起，古老的中国稻作文明正在快速走向机械化和专业化。

处暑诗话

菜市场里的时令风物

处暑是秋天的第二个节气，在每年公历8月22～24日，太阳到达黄经150°时。“处暑”这两个字如何理解？《月令七十二候集解》中说：“七月中。处，止也，暑气至此而止矣。”此时暑气消散，秋凉日深，秋意也越来越浓。

你可能有一种感觉，在二十四节气中，处暑有点儿“小透明”，存在感不是很强。但事实上，处暑很重要。或者说，我们的先人对于时令的把握相当微妙。虽然秋天的第一个节气是立秋，但气象学意义上的秋天、夏日暑气的断绝，是从处暑开始的。

秋天是一个收获的季节。而处暑时分的时令风物，我们也许要去菜市场里寻找。山水田园，是最具诗意的存在；而菜市场，是最具烟火气的地方。山水田园和菜市场，因为大自然的馈赠而连接起来。

低头弄莲子，莲子清如水

我们在“大暑诗话”中讲过莲这种植物。在夏天，我们观察它的花朵——荷；在秋天，我们品尝它的果实——莲蓬；到了秋冬季节，我们还会品尝它的地下茎——藕。

处暑时节，莲蓬长成。在江南的菜市场摊头，或者小摊贩的货担上，常有碧绿而硕大的莲蓬售卖。莲蓬大致呈现圆锥体的形状，这种类似“宇宙飞船”的模样，在以圆形为主的各类植物果实中，显得颇为另类。

莲蓬是一种食物，也是一种玩具。“更喜小儿无赖，溪头卧剥莲蓬”，孩子们手捧莲蓬，把玩半天，然后才慢慢地将莲子抠出，再将莲心剥出，一颗颗吃掉。莲子清甜中有一丝苦涩，这是流水线上生产的糖果、糕点所没有的自然味道。新鲜的莲子是一种零食，而晾干后的莲子，可以用来制作八宝粥等各种羹汤粥饭。

莲子的气质，跟它的花朵一样，是清新脱俗的。中国古代有很多描述采莲的诗歌。在这里，我想介绍一首南朝的乐府民歌：

西洲曲

忆梅下西洲，折梅寄江北。
单衫杏子红，双鬓鸦雏色。
西洲在何处？两桨桥头渡。
日暮伯劳飞，风吹乌臼树。
树下即门前，门中露翠钿。
开门郎不至，出门采红莲。
采莲南塘秋，莲花过人头。
低头弄莲子，莲子清如水。
置莲怀袖中，莲心彻底红。
忆郎郎不至，仰首望飞鸿。
鸿飞满西洲，望郎上青楼。
楼高望不见，尽日栏杆头。

栏杆十二曲，垂手明如玉。
卷帘天自高，海水摇空绿。
海水梦悠悠，君愁我亦愁。
南风知我意，吹梦到西洲。

我们今天所说的南京，在南北朝时期叫建康，是南朝的都城。出建康城西门，长江之中有一片冲积沙洲，当时的人们都叫它西洲。长江泥沙富含营养，西洲成了一块沃土，是动植物的乐园。

早春时节，红梅绽放，渔家女摇船登洲，折下一枝梅花，再把船儿摇到对岸，送给她的心上人。

夏天的时候，沙洲上的芦苇荡如同青纱帐。伯劳鸟儿飞过，乌桕树绿叶婆娑。西洲上有几处浅滩，不知哪一年、哪一月，从哪里飘来了几头莲蓬，居然就生发出一片茂盛的莲荷。

夏末秋初，姑娘摇船来到西洲，采集莲蓬。她剥出莲子，出了神。这莲子纯净无瑕，就像这沙洲湿地中的清水。“采莲南塘秋，莲花过人头。低头弄莲子，莲子清如水。”在我看来，这几句就是这首诗的“诗眼”，是女主角的内心独白。

秋色渐浓，凛冬将至。鸿雁从北方飞来，把一行行影子投在江面上。姑娘仰视着飞鸿。听说鸿雁像驿使，会帮人带信。不过，姑娘从来没有等到过一封书信。其实，自从送了梅花之后，她再也没有见过他……

这首民歌好长啊！可它就得这么长，否则怎么能把西洲姑娘的“四季相思歌”唱完呢？

采菱渡头风急，策杖林西日斜

说完了莲这种水生植物，我们说另一种水生植物——菱。按照生态学的划分，莲属于水生植物中的“挺水植物”，即扎根水底而茎叶突出水面；菱则属于水生植物中的“漂浮植物”，整个植株——包括根、茎、叶、花、果——都漂在水面上。

菱广泛分布在中国长江流域等地。菱角的茎软泡泡的，中间有一节膨胀肿大、自带气囊，这是它能够“水上漂”的秘诀。菱的果实就是菱角，一般在夏末秋初成熟，它也是菜市场里的常客。菱角，顾名思义，有棱有角，一看就很有个性。我总觉得，它的样子像一个牛头。

别看菱角的外表“张牙舞爪”，其实果实很甜。嫩菱呈现青色或者水红色，果壳较软，果肉甘甜多汁，适合生食。老菱则呈现紫黑色，果壳铁硬，果肉粉糯，适合煮着吃，也适于烧肉、烧鸭，别有一番风味。

在这里，我想介绍王维的一首诗：

田园乐七首·其三

唐　王维

采菱渡头风急，策杖林西日斜。
杏树坛边渔父，桃花源里人家。

这是一首六言诗。西风起，它是秋天的号角。诗人手持藤杖，站在风口里看夕阳。好一幅乡村田园景色！他感觉自己就像在孔子杏林中蹭课的老渔夫，像陶渊明笔下误入桃花源的打鱼人。

曾经白花点点的菱角，曾经嫩得能掐出水的果实，如今变成了紫红色，匍匐在锯齿形的叶子底下。诗人知道，吃菱角烧肉的季节到了。

采菱女乘着足以容纳两个人的椭圆木盆，划入菱塘深处。纤纤素手连叶捞起整个菱角，熟练地采摘下老菱，堆在木盆的另一边。

一天的劳作下来，收获满满，手上也伤痕累累。菱角宛如针锥，不时扎痛姑娘的手。那个年代没有橡皮手套，没有创可贴。诗人眼里的闲情逸致，以及采菱女的窈窕姿态，其背后是劳动者的朴实与辛劳。

种豆南山下，草盛豆苗稀

这个时节的菜市场里，还有一样东西，要比莲蓬和菱角更加普及。它就是毛豆。

毛豆的学名是大豆，古名为“菽”。大豆原产中国，很早就被驯化和栽培。从古至今，这种植物与中国人的生活息息相关。在古代，“五谷”的范畴虽有变迁，但“菽”始终位列其中。并且，“五谷”之中，麦、稻、黍等都是禾本科植物，大豆则是少有的非禾本科植物。

夏秋两季，毛豆上市，这其实是大豆的“青年期”。毛豆的植株挺立，豆叶繁茂，枝条上挂满一列列整齐的豆荚。青绿的豆荚有着毛茸茸的手感，形状饱满，凹凸有致，如同农人健壮的胳膊和小腿肚。每个豆荚中包含着几颗豆粒，剥出来看，豆粒圆润，边缘上包裹着白膜，透着新鲜的气息。人们对毛豆是如此熟悉和喜爱，甚至用它的名字来命名一种颜色——豆绿。

在沪苏浙皖地区的乡村，几乎家家户户的菜地里或门前屋后，都会种植毛豆。记得儿时在皖东农村，每到这个时节，大人都会用镰刀砍下几株毛豆，拿回家里，交给小孩子去剥。碧绿的豆粒落到白瓷碗里，渐渐积满，一个上午就这么消磨过去，而中午的一道菜也有了着落。

新鲜的毛豆不需要太复杂的烹饪，炒着吃就行，可以搭配青椒、鸡蛋、肉丝、酱瓜、豆腐干，可谓百搭。

毛豆的“下一站”是黄豆。大豆在秋季成熟，植株和豆荚、果实都变得金黄。干燥缩水的成熟豆粒，就是黄豆。黄豆的吃法，更加千变万化：可以泡开后炒熟了来吃，可以压榨了来取豆油，可以磨碎了来做豆浆，也可以泡发了做豆芽菜，或是加工了来做豆制品——豆腐、豆干、豆皮、腐竹、素鸡、百叶、千张……即便是我们吃的牛羊肉，其中也有大豆的功劳，因为它是重要的饲料来源。如果没有大豆，中国人的菜市场将失去很多美味。

在中国人的诗歌里，也必须有大豆。《诗经·七月》中写道：“六月食郁及薁，七月亨葵及菽。”意思是，六月吃李子和葡萄，七月煮葵菜和大豆。农历七月就是煮豆子、吃豆子的时节。曹植在《七步诗》中有“煮豆持作羹，漉菽以为汁。萁在釜下燃，豆在釜中泣”之语，如果没有豆子来扮演哭泣的角色，曹植也很难化险为夷啊。

伟大的田园诗人陶渊明，更是直接参与了大豆的田间管理：

归园田居·其三

东晋　陶渊明

种豆南山下，草盛豆苗稀。
晨兴理荒秽，带月荷锄归。
道狭草木长，夕露沾我衣。
衣沾不足惜，但使愿无违。

陶渊明不愿再做官，隐居在南山（位于今江西省）脚下。“种豆南山下，草盛豆苗稀。”俗话说，种瓜得瓜，种豆得豆，陶渊明种豆子的热情很高，但其水平和效果一言难尽。也许，这是他的自谦与自嘲吧。即便如此，他依然披星戴月地侍弄，“晨兴理荒秽，带月荷锄归”，可见，陶渊明享受的是过程，而不是结果。

“道狭草木长，夕露沾我衣”，多美的意境啊！秋日的黎明或者傍晚，你行走在乡野田间，踏着枯黄的野草，两旁的茅草掠过裤脚管。小蚱蜢四处逃散，鹧鸪倏忽从草丛中飞出。你听着秋虫的鸣叫，不经意低头一看，鞋子、袜子、裤脚，全部湿透了。衣服被露水沾湿没关系，我只要我的豆子，我只要我想要的生活。

白露诗话

庭前八月梨枣熟

白露是秋天的第三个节气，在每年公历9月7～9日，太阳达到黄经165°时。《月令七十二候集解》中说：“白露，八月节。秋属金，金色白，阴气渐重，露凝而白也。”

“白露秋分夜，一夜凉一夜。”进入白露节气，昼夜温差拉大，天气逐渐转凉，寒生露凝。

“诗圣”的少年时代：一日上树能千回

说到有关白露的诗词，我首先想到的是杜甫的《月夜忆舍弟》，其中写道：“露从今夜白，月是故乡明。”而说到白露节气的时令风物，我想到的还是杜甫的诗：

百忧集行

唐　杜甫

忆年十五心尚孩，健如黄犊走复来。
庭前八月梨枣熟，一日上树能千回。
即今倏忽已五十，坐卧只多少行立。
强将笑语供主人，悲见生涯百忧集。
入门依旧四壁空，老妻睹我颜色同。
痴儿不知父子礼，叫怒索饭啼门东。

这是五十岁的杜甫在回忆自己十五岁时的光景。杜甫出身于书香门第官宦之家，祖父是诗人杜审言；他年少时身处开元盛世，“忆昔开元全盛日”，满满的都是美好回忆；中年以后，身逢安史之乱，携家带口四处漂泊，饥一顿，饱一顿。“痴儿不知父子礼，叫怒索饭啼门东”，儿子的童年还比不上自己的童年。好在，虽然寄人篱下，生活清苦，他还可以用回忆童年来治愈自己：

“忆年十五心尚孩，健如黄犊走复来。”还记得年少时阳光灿烂的日子吗？一切就像老电影在回放：一个十四五岁的少年向我们奔来，他浑身有着使不完的劲儿，结实得就像一头健壮的小黄牛。少年露出少不更事的笑容——太平日子里长大的孩子，都没啥心眼儿。

“庭前八月梨枣熟，一日上树能千回。”白露节气，一般在农历八月，此时已是秋高气爽，庭院里果实累累：大黄梨挂满枝头，沉甸甸地坠下来；大青枣泛了红，这种颜色太好看，人们就叫它“枣红”色。

吃，当然是一种享受；采摘，更是一种乐趣。“一日上树能千回”，看到这里，我们都笑了：别看杜甫是“诗圣”，他小时候也如此顽皮，跟我们都一样啊！

风物一

梨

“庭前八月梨枣熟”，不得不说，杜甫把白露时分的物候特征写得很精准。这个时候，正是各类果实集中成熟的季节。我们就来具体“盘点”一下，白露时节成熟的那些果子吧。

先说梨子。

梨的栽培历史悠久，在中国河北、山东、陕西、甘肃等省广泛种植。它不仅果实甘甜多汁，花朵也很好看，苏轼曾在《东栏梨花》中写道：“惆怅东栏一株雪，人生看得几清明。”

在古代，中国人就很喜欢吃梨子。在描绘北宋都城东京开封生活的《东京梦华录》一书中，多次出现了梨，如第二卷《饮食果子》中记载：

又有托小盘卖干果子，乃旋炒银杏、栗子、河北鹅梨、梨条、梨干、梨肉、胶枣、枣圈、梨圈、桃圈、核桃、肉牙枣、海红、嘉庆子、林檎旋、乌李、李子旋、樱桃煎、西京雪梨、尖梨、甘棠梨、凤栖梨、镇府浊梨、河阴石榴、河阳查子、查条、沙苑榅桲、回马孛萄、西川乳糖、狮子糖、霜蜂儿、橄榄、温柑、绵枨金橘、龙眼、荔枝、召白藕、甘蔗、漉梨、林檎干、枝头干、芭蕉干、人面子、巴览子、榛子、榧子、虾具之类。

你一定流口水了。而在琳琅满目的果品中，不仅有河北鹅梨、梨条、梨干、梨肉，还有西京雪梨、尖梨、甘棠梨、凤栖梨、镇府浊梨、漉梨，梨的出现比例是最高的。

我们再看一首北宋诗人梅尧臣写的“梨歌”：

王道损赠永兴冰蜜梨四颗

宋　梅尧臣

名果出西州，霜前竞以收。
老嫌冰熨齿，渴爱蜜过喉。
色向瑶盘发，甘应蚁酒投。
仙桃无此比，不畏小儿偷。

梅尧臣的朋友王道损赠送了他四颗梨，诗人专门就此写了一首诗道谢。我们由此可以得出两个结论：首先，他俩都是实诚人，放在今天，你不太可能大老远只给朋友送四颗梨子。当然，那个年代的物流、保鲜技术都不能跟今日相比。其次，这“永兴冰蜜梨”，一定是绝顶的风味好物，值得大书特书。永兴，即北宋的永兴军路，治所位于京兆府（今西安）。

“名果出西州”，点出产地，此梨出自物产丰饶的关中平原；“霜前竞以收”，点出收获季节，在秋霜降临之前。

这“永兴冰蜜梨”好在什么地方呢？顾名思义，首先就是“冰”，其次就是“蜜”，具体说来，就是“老嫌冰熨齿，渴爱蜜过喉”。“色向瑶盘发，甘应蚁酒投”，这梨子不仅口感好，卖相也很好，丰满细嫩。表皮宛如青玉，果肉如同冰玉，这冰蜜梨简直就是瑶池西王母盘子里的仙果。

风物二

栗

我们再说一种秋天的果实吧，这就是栗子，或称板栗。栗子原产于中国，在古诗文里出现的频率也很高，而且常以“梨栗”“枣栗”这样的组合出现，可见它足以与梨枣二位“分庭抗礼”。

栗子的味道甘甜，口感或粉或糯，这总令我想起菱角。也许，可以这么打比方：栗子就是北方的菱角、山上的菱角；菱角就是南方的栗子、水中的栗子。

我们应该都吃过糖炒板栗、板栗烧鸡、栗子蛋糕等美食，但是很多人未必知道栗子到底长什么样。长在树上的栗子，外壳有刺，就像一个小刺猬，内含三到四颗果实。到了秋日成熟的季节，有刺的外壳就裂开来，果实纷纷落到地上。这样，人们或者动物，就可以来捡拾它。说到这里，我不禁又想到了杜甫的诗：

乾元中寓居同谷县作歌七首（其一）

唐 杜甫

有客有客字子美，白头乱发垂过耳。
岁拾橡栗随狙公，天寒日暮山谷里。
中原无书归不得，手脚冻皴皮肉死。
呜呼一歌兮歌已哀，悲风为我从天来。

这是杜甫在唐肃宗乾元二年（公元 759 年）所作组诗中的第一首。杜甫时年

48 岁，因为遭遇安史之乱，正带着家人到处流寓，在同谷县（今甘肃成县）暂住了一段时间。

这是他一生中最艰难的时刻之一，困顿到没饭吃，只能去山中捡野果。“岁拾橡栗随狙公，天寒日暮山谷里”，天寒地冻的秋冬季节，像猴子一样在山谷里捡栗子。“狙公”，本意指养猴子的老人，就是典故“朝三暮四”里的主人公，而在这里，“狙公”用来指代困苦的流民，甚至就指野外的猴子。栗这种野果，作为副食或者零食固然不错，但作为主食来充饥，滋味就可想而知了！

“白头乱发垂过耳”“手脚冻皴皮肉死”“呜呼一歌兮歌已哀，悲风为我从天来”，这首诗真是令人悲从中来。而大约在两年之后，诗人五十岁时，又写下了《百忧集行》，回忆起少年往事：“庭前八月梨枣熟，一日上树能千回。”

梨枣也好，栗子也好，这些秋天的果实，我们只盼它们象征成熟与收获，是人们解馋的佳品、乐趣的源泉，而不是令人触景伤情的物品。秋日是丰收的季节，愿天下太平、孩子幸福、百姓丰衣足食！

秋分诗话

桂子月中落，天香云外飘

秋分是秋天的第四个节气，通常在每年的9月22日、23日或24日，太阳达到黄经180°时（秋分点）。古书《春秋繁露》中说："秋分者，阴阳相半也，故昼夜均而寒暑平。"这一天，太阳直射在赤道上，全球昼夜等长。

秋分是一个内涵非常丰富的节气。首先，它具有天文学上的意义。秋分与春分、夏至、冬至一起，是每年中四个重要的地球公转节点，也是昼夜时长转化的节点。其次，秋分正逢丰收季。我们曾在"立秋诗话"中说到"稻花香里说丰年"，秋分时已大面积开镰割稻，正是应验丰年的时候。2018年起，我国设立的"中国农民丰收节"，就在秋分这一天。

山寺月中寻桂子，郡亭枕上看潮头

秋分时节的典型风物，当属桂花。

桂花原产于中国南方。它还有一个名字，叫作木樨。事实上，从植物学分类看，桂花就是木樨科木樨属的一个物种。

至于古诗词里的“桂花第一城”，我认为当属杭州：

忆江南（其二）

唐　白居易

江南忆，最忆是杭州。
山寺月中寻桂子，
郡亭枕上看潮头。
何日更重游？

白居易曾经在江南的杭州、苏州当过刺史，写过一组非常知名的《忆江南》，这是其中的第二首。一个尽职的地方官应该是什么样子？就应该竭尽全力做这个地方的“代言人”和“形象大使”。白居易这个“代言人”，当得相当卖力、十分称职。

“山寺月中寻桂子，郡亭枕上看潮头”，白居易明白无误地告诉你，农历八月来杭州，就看两样东西：山里的桂花和钱塘江的潮水。当时的杭州有一座天竺寺，据白居易自己注解说，这座山寺“每岁中秋有月桂子堕”。月亮中有桂树，桂花就从月亮上坠落，这个美丽的传说，表现了诗人浪漫的想象。

秋高气爽的季节里，如果你来到杭州，可以到杭州西湖边上走一走，或者骑上一辆公共自行车，沁人心脾的桂花香会让你知道，这里为什么叫作“人间天堂”。西湖边的桂花固然很好，最妙的景致还是在山中。杭州山中有一个地方叫“满陇”，那里有著名的“满陇桂雨”。

在白居易之前，初唐诗人宋之问就曾在《灵隐寺》一诗中写道：“桂子月中落，天香云外飘。”可见，天外来桂的传说相当久远。

而到了北宋，柳永在词作《望海潮》里依然大书特书，“东南形胜，三吴都会，钱塘自古繁华”“有三秋桂子，十里荷花”。据说，后来南宋与金对峙时期，金主完颜亮看到这首词中“三秋桂子，十里荷花”的描述，遂起了南侵之意。这也许就是“桂子”无罪，“怀璧其罪”吧。

事实上，包括杭州在内，长江三角洲一带的人们不仅懂得赏桂花，还懂得吃桂花。桂花糕、桂花酒、桂花糖藕和桂花藕粉，你，要不要来一点儿？

中庭地白树栖鸦，冷露无声湿桂花

我们接着欣赏唐诗宋词里的桂花：

十五夜望月寄杜郎中

唐　王建

中庭地白树栖鸦，
冷露无声湿桂花。
今夜月明人尽望，
不知秋思落谁家。

诗人王建曾经在初夏季节，写出过“妇姑相唤浴蚕去，闲看中庭栀子花”的诗句；到了金秋时节，又写出了“中庭地白树栖鸦，冷露无声湿桂花”这样的好诗。

你发现没有，不论四季如何转换，王建的目光始终聚焦在一个地方——中庭。中庭是中式建筑的标配。一个可能并不大的四合院落，精巧工整的檐廊，包围着一块“留白”的空地，这就是“中庭”。中庭四角的常绿灌木是栀子，中央是镂空砖砌的四方围栏，种着一棵常绿小乔木——桂树。

八月仲秋，月明星稀，暗香浮动。寒露暗降，不觉间沾湿了衣物，也沾湿了细小的桂花。桂树上的黑色老鸦，一动不动，就像在月光下的剪影……

何须浅碧深红色，自是花中第一流

桂花，我们欣赏的不仅是它的形色，更是它的气质和韵味。

唐朝著名诗人张九龄曾写过一组《感遇》，其中第一首就是后人编纂的《唐诗三百首》之开篇：

感遇十二首（其一）

唐　张九龄

兰叶春葳蕤，桂华秋皎洁。
欣欣此生意，自尔为佳节。
谁知林栖者，闻风坐相悦。
草木有本心，何求美人折！

春日的兰花何其繁茂，秋日的桂花多么高洁！因为你们的存在，春秋两季多么

美好！兰花和桂花的花朵，并不盛大夺目，但是它们清雅素净、幽香宜人。这样的花朵，只有你静下心来，如同隐士一般，才能体味悠然。春兰和秋桂，它们总在自己应当开放的季节绽放，不为等待谁，也不为谁停留，更不为了取悦谁。做好了自己，就是最圆满。

读这首诗，我们需要了解张九龄这个人和他当时的处境。张九龄不仅是著名诗人，更是唐玄宗时期的一代名相。而在此时，唐开元二十五年（公元737年），他因为耿直不阿，被贬为荆州长史。诗人以兰桂自喻，正是为了表明其高洁的操守。

讲完唐人笔下的桂花，我们来看看宋人笔下的桂花：

鹧鸪天·桂花

宋　李清照

暗淡轻黄体性柔，情疏迹远只香留。
何须浅碧深红色，自是花中第一流。

梅定妒，菊应羞，画阑开处冠中秋。
骚人可煞无情思，何事当年不见收。

“暗淡轻黄体性柔，情疏迹远只香留”，写出了桂花的独特风韵。桂花，没有“浅碧深红”的颜色，初看其貌不扬，久处芬芳宜人，这不就是传说中的“第二眼美女”吗？

“春牡丹，夏芍药，秋菊冬梅”，你们不是不美丽，不是不芳香，但是，在李清照眼里，只有桂花——自是花中“顶流”。

寒露诗话

采菊东篱下，
悠然见南山

寒露，是秋天的第五个节气，在每年公历 10 月 7 ~ 9 日，太阳到达黄经 195°时。《月令七十二候集解》中说：“九月节。露气寒冷，将凝结也。”此时，地面的露水变得寒冷，快要凝结成霜了。

秋天有两个带有“露”的节气。它们的含义是不一样的：白露，这时露珠刚刚出现，处于仲秋时节；寒露，这时露珠已经带着寒意，标志着晚秋的到来。

陶渊明：我是秋菊“代言人”

寒露时节，依然是秋高气爽，而凉爽之中已经带有丝丝寒意，此时宜郊游、宜运动、宜远眺。当你走入山野和田园，会发现团团簇簇、或黄或白的小花，花朵在秋风中摇曳。走近去嗅，香气扑鼻。这些花儿真是朴实无华、大大方方，丝毫没有遮遮掩掩、忸忸怩怩。

它们，就是菊花。可以说，菊花就是农历九月、寒露时节的“花信风”。

说到菊花，我们就会想到陶渊明：

饮酒（其五）

东晋　陶渊明

结庐在人境，而无车马喧。
问君何能尔？心远地自偏。
采菊东篱下，悠然见南山。
山气日夕佳，飞鸟相与还。
此中有真意，欲辨已忘言。

饮酒（其七）

东晋　陶渊明

秋菊有佳色，裛露掇其英。
泛此忘忧物，远我遗世情。
一觞虽独尽，杯尽壶自倾。
日入群动息，归鸟趋林鸣。
啸傲东轩下，聊复得此生。

陶渊明写过一组《饮酒二十首》，都是描述隐逸的生

活状态和人生态度。《饮酒》组诗中，多篇提到了菊花、兰花、松树等植物，这些植物大多生于乡野，秉性高洁，与诗人的气质相互呼应。

“结庐在人境，而无车马喧。问君何能尔？心远地自偏。”辞官归隐之后，陶渊明过上了自己想要的生活。外面的世界红尘滚滚，而我的草庐清清静静。他是怎么做到的？是距离产生了美。

有了这样的心境，才有这样的闲情：“采菊东篱下，悠然见南山。”篱笆、菊花、南山与狗，这些，也许就是陶渊明所需要的全部。陶渊明隐居在柴桑县的南山脚下，就在今天的江西庐山一带。秋日寒露，层林尽染，山野之间多是野菊花，小而美丽，小而坚强。陶渊明将它们移栽到自己的草庐周边，变成了一道篱笆花墙。荷锄种豆，归来歇息；倚锄之际，采撷一朵菊花；悠然远眺，只见南山；此情此景，夫复何求？

“山气日夕佳，飞鸟相与还”“日入群动息，归鸟趋林鸣”，日暮时分，众鸟归巢，它们叽叽喳喳，在天空中舞出一个个剪影。这一时的喧闹，更加衬托出心境的幽清。

黄昏和黑夜之后，又迎来一个清晨。诗人依旧扛着锄头，准备出门种地，忽然看到篱笆旁的秋菊，花瓣上挂着露水。“秋菊有佳色，裛露掇其英”，他采撷一朵，并没有随手一扔，而是在朝阳下凝视寒露。“泛此忘忧物，远我遗世情”，用菊花来酿酒吧，用酒来慰藉我的心灵吧！

“此中有真意，欲辨已忘言。”唉，这样惬意的日子，还有什么可说的呢？

“采菊东篱下”之后，菊花就成了陶渊明的标志物，陶渊明就成了菊花的“代言人”。

菊花

唐　元稹

秋丛绕舍似陶家，遍绕篱边日渐斜。
不是花中偏爱菊，此花开尽更无花。

咏菊

唐　白居易

一夜新霜著瓦轻，
芭蕉新折败荷倾。
耐寒唯有东篱菊，
金粟初开晓更清。

元稹、白居易，两位同时代的唐朝大诗人，被世人并称“元白”。在他们咏菊的诗句中，频频出现了“陶家”“篱边”“东篱菊”，这是在向前辈陶渊明致敬吧？

“不是花中偏爱菊，此花开尽更无花”“耐寒唯有东篱菊，金粟初开晓更清”，到了这个时节，芭蕉折了，荷叶枯了，而秋风中的菊花，总是那么挺拔，苦涩中有寒香，有独一无二的孤傲。

梅、兰、竹、菊，中国人称它们为“四君子”。诗人们喜欢菊花，中国人喜欢菊花，说到底，是我们赋予了它“风骨”。我们在菊花上所寄托的，正是我们内心所向往的。

待到重阳日，还来就菊花

寒露节气前后，还有九月九日重阳节，菊花是这段时光的主角。

过故人庄

唐　孟浩然

故人具鸡黍，邀我至田家。
绿树村边合，青山郭外斜。
开轩面场圃，把酒话桑麻。
待到重阳日，还来就菊花。

孟浩然的这首《过故人庄》，瞬间将我们拉回到故乡和童年。

秋日至美之处，在于山野田园。“绿树村边合，青山郭外斜”，还记得三十多年前，在皖东琅琊山脚下，很多村庄都掩映在郁郁葱葱的绿树之中。在道路边、在院落里、在小丘上，遍布苦楝树、臭椿树、棠梨树，老人和孩子都能准确地分辨出物种。大榆树下，泡桐树旁，飞奔的、玩闹的、争吵的孩子们，你们现在在哪里呢？走到村边，就能看到二三十里外的山峦，层层叠叠，呈现出深深浅浅的蓝色。山峦起伏，但并不奇峻，它们与天空的边际线，借用鲁迅先生在《故乡》中的一句话——仿佛是踊跃的铁的兽脊。

秋天是丰收的季节，乡村的酒饭最有滋味。“故人具鸡黍，邀我至田家”，你不精心准备点儿红烧鸡、红烧肉、红烧大鲫鱼，还有刚刚收获的黄米、新鲜时蔬，还真不好意思请人来家里吃饭。

“开轩面场圃，把酒话桑麻”，小酒桌就摆在四面临风的草棚、凉亭里，甚至露天的打谷场上。人们端起酒杯，谈论着今年的好收成。稻子已经收割完毕，谷场上耸起一座座谷堆和草垛。

“待到重阳日，还来就菊花。”你可以说，这是在告别之时，微醺的诗人与朋友的“例行约定”：“明年过节，一定还要来哈！”你可以认为，孟浩然也是在向陶渊明致敬，借菊花来表达自己对生活隐逸的向往。

我们可以再看看杜牧的重阳与菊花：

九日齐山登高

唐　杜牧

江涵秋影雁初飞，与客携壶上翠微。
尘世难逢开口笑，菊花须插满头归。
但将酩酊酬佳节，不用登临恨落晖。
古往今来只如此，牛山何必独沾衣？

写这首诗的时候，杜牧在池州（在今安徽，位于长江南岸）当刺史。这年秋天，诗人的朋友张祜从外地过来看望他。正好是九月九日重阳节，两人一起去城外的齐山登高，在山顶远眺江景。

重阳野宴，要有菊花和酒。山顶凉亭里有匠人精心栽培的菊花，花瓣重重叠叠，黄的、白的、红的、紫的，略带苦涩的香气扑鼻而来。秋日的山间野花，丛丛簇簇，定睛看来，几乎全是明黄色的野菊花，它们似乎更加天真烂漫。

酒过三巡，微醺。如果有什么郁结于心的事情，即使平日抛不去，今天一醉方休，看着无限夕阳，也必须忘却。“尘世难逢开口笑”，如果你始终拘泥于尘世，定然是难于开口大笑。赏尽菊花，采摘下来，你一朵我一朵，插满微霜的鬓角——“菊花须插满头归”，原来，我们的祖先还有这么天真烂漫的习俗，这岂不是比珠光宝气、名贵香水更加自然、更加浪漫？

大雁南飞，途经长江，身影在碧空上，倒影在江面上。这一切，在江岸的齐山之上，看得相当分明。这里是江南，常绿树木居多，山体依然微微翠绿，只是点缀了些许微黄、绛红的色彩。

而到了宋朝，才女李清照的重阳，依旧是跟菊花在一起度过的：

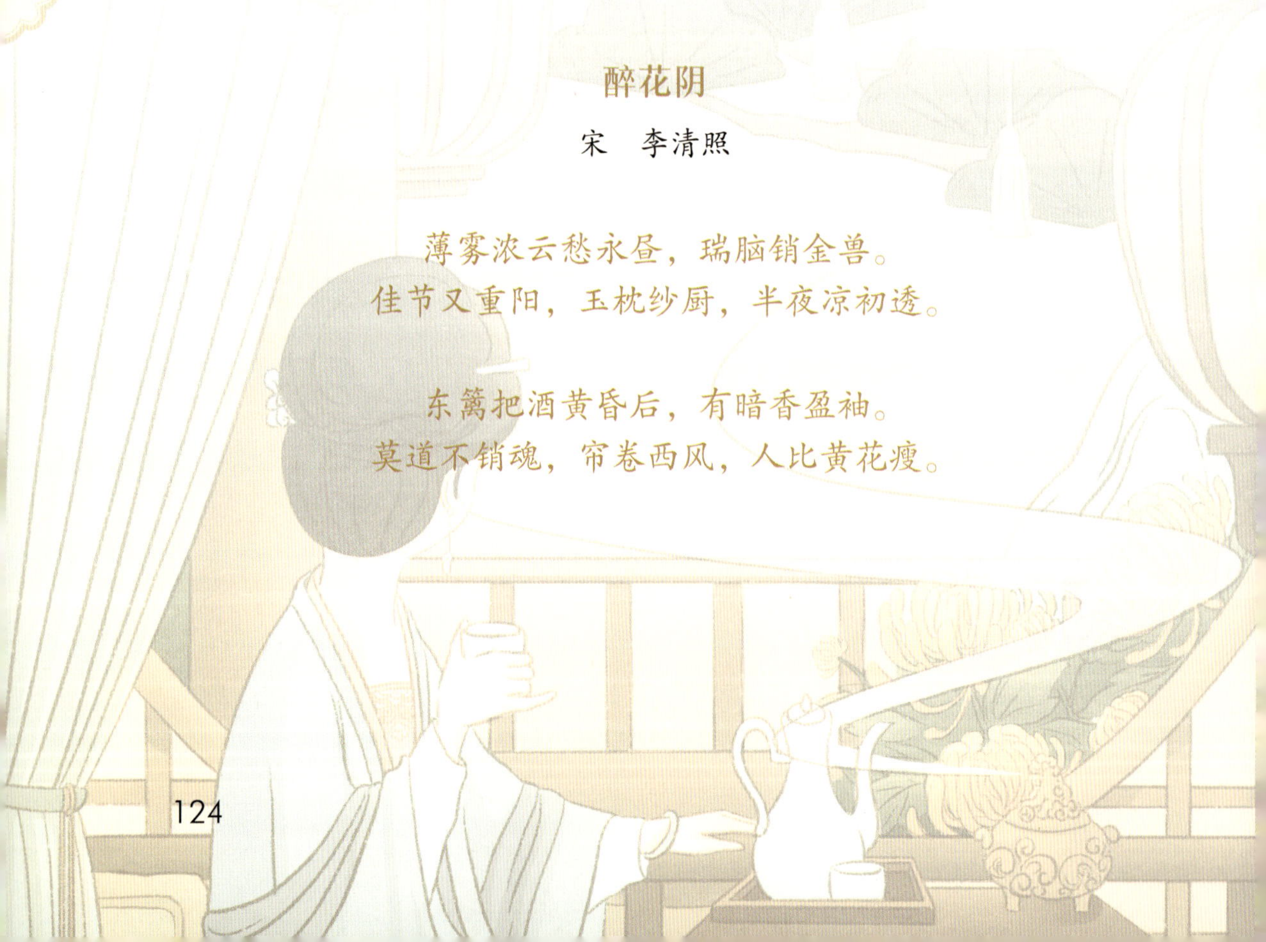

醉花阴

宋　李清照

薄雾浓云愁永昼，瑞脑销金兽。
佳节又重阳，玉枕纱厨，半夜凉初透。

东篱把酒黄昏后，有暗香盈袖。
莫道不销魂，帘卷西风，人比黄花瘦。

“东篱把酒黄昏后，有暗香盈袖”，有“东篱”的地方，必然就有菊花。黄菊暗香，令人销魂；帘卷西风，佳人独立。据说，写作这首词的时候，李清照的丈夫赵明诚正离乡在外。才女的这个重阳节，过得真是“薄雾浓云愁永昼”。不知道赵明诚看到夫人的这首词，心中作何感想？

暗暗淡淡紫，融融冶冶黄

菊花原生于中国，中国人始终在探索菊花的栽培之道。到了唐朝，已经出现了很多大自然中不曾有过的人工品种。不信你看：

菊花

唐　李商隐

暗暗淡淡紫，融融冶冶黄。
陶令篱边色，罗含宅里香。
几时禁重露，实是怯残阳。
愿泛金鹦鹉，升君白玉堂。

“暗暗淡淡紫，融融冶冶黄”，这说明什么？说明到了李商隐所处的晚唐时期，菊花的花色已经多种多样。“融融冶冶黄”，这是菊花的本色；“暗暗淡淡紫”，这应该指一些名贵的紫色菊花，而且有暗紫、淡紫这些很细微的不同。不仅是紫菊，在唐宋时期，白菊、绿菊、红菊甚至墨菊，都已经被培育出来。

“陶令篱边色，罗含宅里香”，我们知道陶令是陶渊明，罗含则是东晋时期的文学家，也以种菊、爱菊著称。“愿泛金鹦鹉，升君白玉堂”，金鹦鹉并不是一种鸟儿，而是鹦鹉螺制成的名贵酒器，这一句诗，讲的是用菊花来泡酒。看来，自陶渊明以来，菊花泡酒的习俗也是经久不绝。

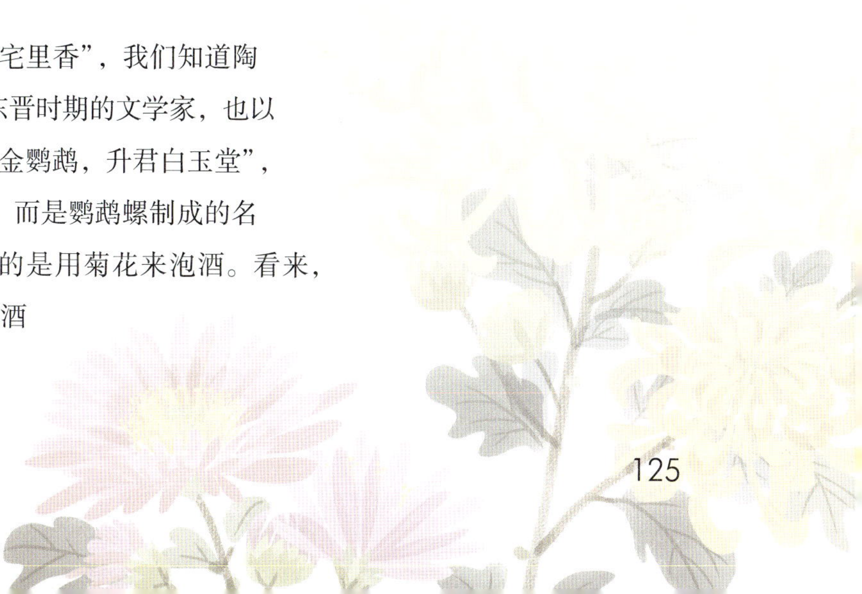

宋朝时期，秋日赏菊已经成了一项受众广泛的文化活动。《东京梦华录》里记载了北宋都城东京的赏菊场景：

九月重阳，都下赏菊，有数种：其黄白色蕊若莲房，曰“万龄菊”；粉红色曰“桃花菊”，白而檀心曰“木香菊”，黄色而圆者曰“金铃菊”，纯白而大者曰“喜容菊”，无处无之。酒家皆以菊花缚成洞户。

这个场景，就像一场热闹的盛会，而主角是菊花。当时，人们不仅培育出了千姿百态、万紫千红的菊花品种，还给它们取了各式各样喜庆的名字。街边的商店酒家，搭起了菊花主题的花棚、花架，宛如一座座“花门”。中国人对于美好生活的热爱和向往，真是古今如一。

说到最后，我们还可以掌握一点冷知识：我们称为“一朵”菊花的那一“朵”，其实是一簇花。科学上讲，这叫“头状花序”。这一簇花序上有两种花：我们习惯叫作“花蕊”的是“管状花”，它们带有雄蕊和雌蕊，可以授粉结籽；我们习惯叫作“花瓣”的，是一片片“舌状花”，它们只有雌蕊，不能繁殖，但是色泽艳丽。

霜降诗话

蒹葭苍苍，白露为霜

霜降，是秋天的最后一个节气，在每年公历10月23日或24日，太阳到达黄经210°时。《月令七十二候集解》中说："霜降，九月中。气肃而凝，露结为霜矣。""霜降"，表示露水凝结成霜，天气变冷了。

蒹葭

秋天的六个节气中，有三个跟水的形态有关系，先后是白露、寒露和霜降。从这些节气名字中，你也能看出时令的转换和秋色的渐浓。如果用一句诗来概括这个过程，最精练的就是“白露为霜”四个字。

蒹葭

诗经·国风·秦风

蒹葭苍苍，白露为霜。
所谓伊人，在水一方。
溯洄从之，道阻且长。
溯游从之，宛在水中央。

蒹葭萋萋，白露未晞。
所谓伊人，在水之湄。
溯洄从之，道阻且跻。
溯游从之，宛在水中坻。

蒹葭采采，白露未已。
所谓伊人，在水之涘。
溯洄从之，道阻且右。
溯游从之，宛在水中沚。

蒹葭就是芦苇。你也许想问，不就是一种植物吗，为什么要给它起这么多名字？从语言学、社会学的角度看，一项事物，人们把它分得越细致，起的名字越多，就说明这项事物在人们生活中、心目中的位置越重要。譬如，中国古人为不同品种、不同毛色的马，都取了专门的名称。

从物种分类上讲，芦苇跟很多谷物一样，属于禾本科。早春时节，在水下暗暗生长的芦根（芦芽）白白嫩嫩，所谓“蒌蒿满地芦芽短”，这是人们“咬春”的一道美食；初夏时节，茂密的芦叶如同青纱帐，散发淡淡的清香，是包粽子的重要原料；芦苇的秸秆，可以用作饲料、建材或者造纸；松软洁白的芦花，可以用来填充被子、制作棉鞋御寒……不过，我想，中国人看重芦苇，还因为它的诗意之美；它一生中的“高光时刻”，就在于晚秋时节的芦花漫天、一望无际。

深秋，霜降。白霜打在芦苇的白絮上、狗尾巴草的草籽上、茅草的叶尖上。远远看去，在枯黄的底色之上，这些整齐的、修长的禾本科植物一夜之间披上了水的结晶体。这些白白的结晶体呈粉末状，肃杀却又柔和，覆盖一切却又吹弹即破。

如果你仔细琢磨就会发现，《蒹葭》中包含着对大自然细致入微的观察。

——“蒹葭苍苍，白露为霜”，这是黎明前的黑暗、太阳将升之时的景象。这个时候，距离上次太阳照耀大地的时间最久，气温最低，水汽最容易大面积转化为固态的秋霜。

——“蒹葭萋萋，白露未晞”，太阳出现在地平线，固态的秋霜慢慢融化，成为液态的露珠，“未晞”，是还没有干。

——“蒹葭采采，白露未已”，太阳继续升高，气温缓慢回升，白露正在消逝，只剩下一点点儿水迹。

蒹葭与秋霜，是天造地设的一对。

芦荻

在霜降的深秋，我们不仅常常提起“芦苇”，还经常会说起“芦荻”。芦和荻其实是两种植物。芦，禾本科芦苇属植物；荻，禾本科芒属植物。不过，它们的样子实在太相近了，一般人难以分辨。如果说有什么不同的话，那就是芦苇的花序短粗而

直挺，像个鸡毛掸子；而荻的花序修长顺滑，如同丝缕，总是低垂出一道道优美的弧线。

中国古代诗歌中，“芦荻”的出场，往往也是在深秋。

西塞山怀古

唐　刘禹锡

王濬楼船下益州，金陵王气黯然收。
千寻铁锁沉江底，一片降幡出石头。
人世几回伤往事，山形依旧枕寒流。
今逢四海为家日，故垒萧萧芦荻秋。

“诗豪”刘禹锡的这首诗，满是历史的纵深感和苍凉感。读这首诗，你必须懂一些历史知识：

三国末期，魏国权臣家族司马氏篡位，魏国换了个“马甲”变成晋国；然后，晋国灭了蜀国；此后，晋国派大将军王濬，率领浩浩荡荡的战船队伍，从益州顺江而下，直取东吴都城建业，也就是金陵。吴主孙皓自忖招架不住，想了个昏招：在大江上拦了十寻长的大铁链子，权当设个路障。王濬的军队哪是吃素的，三下五除二凿沉铁链。孙皓傻了眼，在城头上乖乖打白旗，出来投降了……

西塞山，位于今湖北省黄石市，山体突出到长江中，长江因而形成弯道，站在山顶犹如身临江中。深秋时节的一个黄昏，刘禹锡登临西塞山。此处曾是江防要塞，当年王濬的船队就经过此地。大江两岸荒滩湿地，只见无边无际、高出人头的芦荡中，芦苇金黄，芦花与荻花雪白。江风吹来，芦苇飒飒作响……

遥想当年，船队遮天蔽日而下，帝王将相无不在棋局之中，真是令人感慨！大江还是那样奔涌，西塞山依然冷峻，古往今来，走过多少人与事？

这样一首苍凉厚重的诗作，也只有用“故垒萧萧芦荻秋”来收尾，才可以压得住啊！

芦花被

元朝散曲作家、诗人贯云石创作的《芦花被》一诗，也颇为人称道。

贯云石的身世很不简单。他的祖上是高昌（位于今新疆）回鹘人，祖父阿里海牙是攻灭南宋的主要将领之一，其父贯只哥为元朝高官。

用今天的话说，贯云石是一个"衔着金汤匙"出生的幸运儿，年纪轻轻就已享高官厚禄。但是，他并不看重这些。深受中原文化浸润的贯云石，二十几岁的时候即向朝廷辞官，从大都（今北京）出发，前往江南游历。

贯云石也许是沿着京杭大运河南下的吧。当他经过梁山泊的时候，正是深秋。贯云石乘舟飘荡，发现渔翁的芦花被清爽宜人，想用绸缎来交换。没想到，渔翁不要绸缎，只要贯云石赋诗一首。关于这件事，贯云石自己有记载："仆过梁山泊，有渔翁织芦花为被，仆尚其清，欲易之以绸者。翁曰：君尚吾清，愿以诗输之。遂赋，果却绸。"

贯云石的诗是这样写的：

芦花被

元　贯云石

采得芦花不涴尘，翠蓑聊复藉为茵。
西风刮梦秋无际，夜月生香雪满身。
毛骨已随天地老，声名不让古今贫。
青绫莫为鸳鸯妒，欸乃声中别有春。

"采得芦花不涴尘，翠蓑聊复藉为茵"，这芦花生来洁白无瑕、不染尘埃。"西

风刮梦秋无际，夜月生香雪满身”，在这西风呼啸、天凉肃杀的深秋时节，身盖轻柔温暖的芦花被，在美梦中呼吸着芦花的清香，该是多么美妙的体验啊！看到这里，你是不是也恨不得要拿出自己的鸭绒被、羊绒被，跟渔翁做一个交换？

《芦花被》的故事广为传扬，贯云石索性给自己取了一个别号——芦花道人。

贯云石不是昙花一现的诗人，更不是“一首诗吃一辈子”的诗人。他在游历四方后定居杭州，大隐于市，诗文佳作不断，直到 39 岁壮年时离世。我们知道，元朝的代表性文学体裁是元曲，贯云石就是一位元曲大家。他曾写过一组散曲《小梁州》描绘杭州的四季，请看其中的《秋》篇：

小梁州·秋

元　贯云石

芙蓉映水菊花黄，满目秋光。
枯荷叶底鹭鸶藏，金风荡，飘动桂枝香。
〔幺〕雷峰塔畔登高望，见钱塘一派长江。
湖水清，江湖漾，天边斜月，新雁两三行。

西湖之畔的这个清秋，他有没有再次想起当年的梁山泊、那个风霜高洁的深秋、那片漫漫无际的芦花、那床清新温暖的芦花被？

立冬诗话

最是橙黄橘绿时

立冬是冬季的第一个节气，在每年公历 11 月 7 ～ 8 日，太阳到达黄经 225° 时。立冬一般在农历十月，所以也叫“十月节”。《月令七十二候集解》上说：“冬，终也，万物收藏也。”

立冬时节的典型风物是什么呢？我认为是柑橘类水果。这一类水果的品种很多，例如柑橘、橙子、柚子、柠檬、佛手、香橼……

虽然品种繁多，但“柑橘们”有着几乎一致的特点，就是果实在秋末冬初时成熟。绿油油的叶子，衬托着一堆堆、圆滚滚的果实，有绿的、黄的、金的、橙的、红的……在这样的季节里，确实相当养眼。

柑橘类植物多生在亚热带地区。早在先秦时期，就有了“橘生淮南则为橘，生于淮北则为枳”的说法。其实，从广义上说，枳也是柑橘类植物的一种，不过果实不堪食用，被人们“看扁”了。

柑橘，是舌尖上的美味，承载着很多人的美好记忆。“70 后”“80 后”应该都有这样的童年经历：冬天的一瓶橘子罐头，有橘瓣在糖水中浮沉，令人口水直流，但往往只有头疼脑热的时候才有资格享用；夏天里的一瓶橘子汽水，能够让你在大汗淋漓之际彻底冰爽一回。如今，中国人几乎可以随时吃到赣南脐橙、黄岩蜜桔、永春芦柑，以及漂洋过海、来自全球各地的柑橘。

对于柑橘，中国人着实饱含感情：

后皇嘉树，橘徕服兮

橘颂

先秦　屈原

后皇嘉树，橘徕服兮。
受命不迁，生南国兮。
深固难徙，更壹志兮。
绿叶素荣，纷其可喜兮。
曾枝剡棘，圆果抟兮。
青黄杂糅，文章烂兮。
精色内白，类任道兮。
纷缊宜修，姱而不丑兮。
嗟尔幼志，有以异兮。
独立不迁，岂不可喜兮。
深固难徙，廓其无求兮。
苏世独立，横而不流兮。
闭心自慎，终不失过兮。
秉德无私，参天地兮。
愿岁并谢，与长友兮。
淑离不淫，梗其有理兮。
年岁虽少，可师长兮。
行比伯夷，置以为像兮。

中国人喜欢柑橘，赞颂柑橘；而赞颂柑橘的祖师爷，是屈原。

屈原是战国时期的楚国人。楚国地处南方，楚辞是楚国的歌谣。屈原所作楚辞中提到的植物——兰、桂、椒、橘，等等，大多是在《诗经》中看不到的东西。

《橘颂》对于橘树形态进行了十分生动的描述："绿叶素荣，纷其可喜兮"，橘树是常绿树木，也许是它的果实太引人注目，很多人都忽视了孕育果实的橘花。橘树在春夏时节开出白色的小花，也就是"素荣"，橘花缤纷繁盛、香气宜人；"曾枝剡棘，圆果抟兮"，层层叠叠的枝干，长有棘刺，生长出的果实却圆圆的；"青黄杂糅，文章烂兮"，橘子成长着，橘子成熟了，有的青、有的黄，多彩斑斓，光洁灿烂；"精色内白，类任道兮"，剥开金黄的表皮，只见洁白的经络，条缕明晰——这是不是大自然在喻示我们，为人做事一定要有所遵循呢？

橘生南方，不易移植。在屈原看来，这是一种忠贞不渝的品格。"后皇嘉树，橘徕服兮"，在荆楚这片美丽富饶的土地上，生长着煌煌茂盛的橘树；"受命不迁，生南国兮。深固难徙，更壹志兮""独立不迁，岂不可喜兮。深固难徙，廓其无求兮"，这些诗句，都在夸赞橘树生长南国的专一之志。屈原说的是橘树，寄寓的是自己的心志。

江南有丹橘，经冬犹绿林

让我们继续橘的诗词之旅。诗人张九龄《感遇十二首》的《其一》中写道，"兰叶春葳蕤，桂华秋皎洁"，这首诗我们在"秋分诗话"中讲到过。《其七》中则写道：

感遇十二首（其七）

唐　张九龄

江南有丹橘，经冬犹绿林。
岂伊地气暖？自有岁寒心。
可以荐嘉客，奈何阻重深！
运命唯所遇，循环不可寻。
徒言树桃李，此木岂无阴？

这一首《感遇》的主角，是丹橘；这一首《感遇》的表现手法，是托物言志。

“江南有丹橘，经冬犹绿林。”长江，可谓柑橘的地理标志。从古至今，从长江上游的巴蜀，到中游的荆楚，再到下游的吴越，柑橘都是人们熟悉的一种植物。不论在乡村还是在城镇，柑橘都令人感到亲切可爱。

例如，很多人想不到，在大都市上海的郊区有很多地方盛产柑橘。初冬季节，如果你登上位于长江入海口的崇明岛，就总能在农户的房前屋后看到十来棵橘树，一簇一簇橙黄的果实从绿油油的叶子中探出来。

乡村公路的两边，村民垒着一堆堆金字塔状的小橘子，坐等过路人停车下来。橘园里有千百株橘树，现摘现吃，冷冽甘甜，齿颊留香，风味无与伦比。过后良久，手指上还留有橘子的香气。当地人说，最好的橘子，要形状扁圆、个头饱满，从橘皮上就能看出橘瓣鼓起的痕迹。

而在城市里，柑橘树也司空见惯。我在上海居住的小区里就有一片柚树林。夏末，油绿茂盛的叶子中间，出现了一颗颗圆圆的、油绿色的小果子；秋天，果子一天天长大，沉甸甸的果实在地心引力之下，由细细的枝条牵引着，直直地垂坠着；秋末冬初，果实变成了金黄色，成熟的柚子纷纷落地；冬天到了，北风呼啸，坠地的柚子慢慢从饱满变得干瘪，乃至发黑、腐烂，这是生命的新一个轮回——来年春天，地面总会长出一些幼苗。

江南的冬天，其实是很阴冷的，体感的难受程度要大大超过有暖气加持的北方地区。“岂伊地气暖？自有岁寒心”，张九龄告诉我们，这橘树的常绿，不是因为江南的地气暖和，而是因为它有“岁寒”之心，是难得的嘉木。

屈原和张九龄，他们都曾身居高位，一心为国为民，也都饱受谗言，遭到贬谪，遭受着命运的“暴击”。赋诗，是一种宣泄，也是一种呐喊。“可以荐嘉客，奈何阻重深。运命唯所遇，循环不可寻。徒言树桃李，此木岂无阴？”橘树虽好，奈何阻碍重重，无人赏识。其实，它哪一点比那些春日灿烂的桃李要差呢？

一年好景君须记，最是橙黄橘绿时

我们来看苏轼的一首诗：

赠刘景文

宋　苏轼

荷尽已无擎雨盖，菊残犹有傲霜枝。
一年好景君须记，最是橙黄橘绿时。

这是苏轼在杭州任知州时所作的诗。赠诗的对象，是同在杭州为官的刘景文。刘景文是苏轼的好友，苏轼很激赏他的才干和气节。而作诗的时令，正是初冬。

苏轼很擅长描写植物。在这一首诗里，他就列举了荷花、菊花和橙、橘等植物。杭州风景如画、四季分明，不同季节都有它的典型物候：春天自不必说，“乱花渐欲迷人眼，浅草才能没马蹄”；夏季，“接天莲叶无穷碧，映日荷花别样红”；秋季，“山寺月中寻桂子，郡亭枕上看潮头”；而到了初冬，正如《赠刘景文》中所描述的，那些曾经无限风光的花果，统统失去了光鲜的模样，橙、橘却迎来了独属自己的“高光时刻”。

“一年好景君须记，最是橙黄橘绿时”，你看那黄黄绿绿的橘子和橙子，给整个初冬都带来了生机和活力。要我说，这恰是一年中最好的时令呢！

苏轼是美食家，他总是兴致勃勃、绘声绘色地分享食物的甘美：

浣溪沙·咏橘

宋　苏轼

菊暗荷枯一夜霜。
新苞绿叶照林光。
竹篱茅舍出青黄。

香雾噀人惊半破，
清泉流齿怯初尝。
吴姬三日手犹香。

浣溪沙·几共查梨到雪霜

宋　苏轼

几共查梨到雪霜。
一经题品便生光。
木奴何处避雌黄。

北客有来初未识，
南金无价喜新尝。
含滋嚼句齿牙香。

“香雾噀人惊半破，清泉流齿怯初尝。”可不是嘛，橘子皮一剥，皮上的细密小孔——专业说法叫“油腺”——马上喷出一股气雾。剥开橘子，一瓣儿一瓣儿轻轻放到嘴里，丝滑而多汁，仿佛一股清泉在唇齿间流淌。“吴姬三日手犹香”，送人玫瑰，手有余香；纤手破新橘，同样有余香。

“北客有来初未识，南金无价喜新尝。”走南闯北的苏轼，在那个年代算是见多识广的。柑橘是南方特产，多数北方人并不熟悉，然而，一旦打上交道，那滋味便妙不可言:“含滋嚼句齿牙香”，橘瓣在口中“炸裂”，无数的酸甜汁水仿佛决堤，在齿牙之间横流泛滥，这可真是至高的享受!

“木奴”千头

你应该已经注意到，苏轼的词中有这一句——“木奴何处避雌黄”。

何谓“木奴”?这里有一个典故。据古籍记载，三国时期吴国的丹阳(今江苏南京)太守李衡，表面上不置产业，实际上他相当低调地安排家丁在武陵(今湖南常德)一带种植了很多柑橘。也许是为了防止家人骄矜，李衡的保密工作做得很好。临死之时，他才告诉儿子:“吾州里有千头木奴，不责汝衣食，岁上一匹绢，亦可足用耳。”这一千棵“木奴”，足够补贴家用、奉养老母了。

从此,“木奴”的典故，就经常被古人在诗文中引用。唐朝时期，柳宗元被贬柳州，也曾手植柑橘，并赋诗一首:

柳州城西北隅种柑树

唐　柳宗元

手种黄柑二百株，春来新叶遍城隅。
方同楚客怜皇树，不学荆州利木奴。
几岁开花闻喷雪，何人摘实见垂珠?
若教坐待成林日，滋味还堪养老夫。

“手种黄柑二百株”，柳宗元不仅自己动手，而且倡导发起了一场植树造林运动;“春来新叶遍城隅”，造林的成果直接惠及满城百姓;“方同楚客怜皇树，不学荆州利木奴”，诗人剖白心迹:他之种橘，直追屈原对于“后皇嘉树”的精神追求，绝非“木奴千头”的实用主义。

其实,“嘉树”也罢,“木奴”也罢，不论人类给予怎样的定位，柑橘从不言语、从不争辩，只是默默贡献着甘甜的果实，点缀着已有寒意的初冬。因为有你，一年好景君须记，最是橙黄橘绿时。

小雪诗话

『岁寒三友』之首，为什么是它？

小雪是冬天的第二个节气，在每年公历 11 月 22 日或 23 日，太阳到达黄经 240° 时。小雪时节，空气湿度不大，气候干冷。这个节气反映了降水与气温的关系。《月令七十二候集解》中说：“雨下而为寒气所薄，故凝而为雪。小者未盛之辞。”

如果说立冬节气还留有一丝秋末的“尾巴”，那么随着小雪节气的到来，长城内外、大江南北，都已经能够明显感受到冬的气息。在中国北方，每个冬天的第一场雪，几乎都在小雪节气前后飘落。

《诗经》古风，松柏丸丸

人类对于万物的认知，首先在于实用。树木的实用价值，主要在于木材。愈是耐寒的树木，其材质愈是耐用。很早以前，松柏的木材就已经大量被中国人应用；很早以前，松柏就出现在中国的诗歌里：

殷武（节选）

诗经·商颂

陟彼景山，松柏丸丸。
是断是迁，方斲是虔。
松桷有梴，旅楹有闲，寝成孔安。

閟宫（节选）

诗经·鲁颂

徂徕之松，新甫之柏。
是断是度，是寻是尺。
松桷有舄，路寝孔硕，新庙奕奕。
奚斯所作，孔曼且硕，万民是若。

《诗经》分为“风”“雅”“颂”三部分。所谓“颂”，是宗庙祭祀的乐歌，风格典雅，文字庄重。

《殷武》是商朝的颂歌，赞颂的是殷王武丁。《閟宫》则是西周诸侯国鲁国的颂歌。鲁国国主是周王室的直系后代，所以颂歌献给周族始祖后稷的母亲姜嫄。

上古的人们，到底在这些颂歌里说了些什么？

怀念祖先，就要修建神庙宫殿；修建宫殿，就要伐取树木。伐取什么树木？“松柏丸丸”“徂徕之松，新甫之柏”，指定松树和柏树，因为它们高大粗壮、木质坚硬、纹理平直、蕴含异香、不易腐烂。树木伐取之后，斧锯刨削，建成宏伟壮观的宫殿。祖宗的神灵住在里面，一定很适意、很安稳！

古代统治者最为看重的，生前是宫殿，死后是陵墓。而不论宫殿还是陵墓，主角都是松柏。此外，松柏还是墓葬场所的绿化景观树木，可以营造庄严肃穆的气氛。

魏晋有风骨，亭亭山上松

《诗经》中的松柏，凸显了它们作为优良木材的实用价值；而到了后世，松柏“岁寒而后凋”的特性就越来越为人们所看重，对这种品格的赞颂也越来越多。

这里，我想重点介绍魏晋南北朝时期的一些诗歌。魏晋南北朝是中国历史上一个大分裂、大动荡的时代，很多人感到困惑、迷茫、恐惧、无助，他们需要精神支撑。这个时候，傲雪的松柏经常出现在人们的视野中：

赠从弟

汉魏　刘桢

亭亭山上松，瑟瑟谷中风。
风声一何盛，松枝一何劲！
冰霜正惨凄，终岁常端正。
岂不罹凝寒？松柏有本性。

东汉末年，天下大乱，黄巾起义，军阀混战，并渐成三国鼎立之势，刘桢就生活在这个乱糟糟的年代。刘桢是“建安七子”之一，他的五言诗在当时颇有盛名。

这首《赠从弟》，是刘桢送给堂弟的，他把松树的本性描述得很传神：

“亭亭山上松，瑟瑟谷中风”，松树的姿态始终是那么挺直潇洒，所以要站如松。谷中来风，仿佛无形的大手捋过松枝和松针，风入松、松如风，滚滚松涛中，你能听到一丝丝的啸叫声，那是流动的空气划过细细的松针。

“冰霜正惨凄，终岁常端正”，冰霜雨雪之下，松树依然“亭亭”。“岂不罹凝寒，松柏有本性”，这松柏的本性，就是这样不畏严寒、宁死不屈！

咏史

西晋　左思

郁郁涧底松，离离山上苗。
以彼径寸茎，荫此百尺条。
世胄蹑高位，英俊沉下僚。
地势使之然，由来非一朝。
金张藉旧业，七叶珥汉貂。
冯公岂不伟，白首不见招。

左思生活的年代是西晋，世道依旧很乱，士族门阀制度盛行，也就是说，“官二代”的后代是“官 N 代”，一般的“庶族”基本没机会。左思出身庶族，当过小官，后来索性隐居不出。

左思的诗，颇有刘桢的风骨。我们看他这首诗，颇有沉郁顿挫的风格。“郁郁涧底松，离离山上苗”，你看呀，山涧谷地里的松树长得郁郁葱葱，是块好材料；山顶上的青草，也长得很茂盛。然而，青草永远是青草，怎么能跟松树比？但是，就是因为地势的差别，这柔嫩细小、不过寸把长的小草，居然荫蔽着百尺长的枝条。你说这公平吗？合理吗？

然而，“地势使之然，由来非一朝”，这种情况由来已久，冰冻三尺，非一日之寒。“金张藉旧业”是典故，指汉朝的金日磾、张汤两家都是累世大官；平民出身的才俊，却是“冯唐易老，李广难封”。

在古代，“才”和“材”是相通的。好人才，就像松柏这样的好木材。如果你不用人才，国家、社会也好不了。西晋王朝为何混乱又短暂，不用人才是原因之一。

《子夜》有所思，我心如松柏

魏晋南北朝时期，还涌现出一大批清新质朴的民歌。南朝民歌中有一类以“子夜”为题的民歌，尤为婉转动人：

子夜四时歌·冬歌（选二首）

南朝乐府民歌

渊冰厚三尺，素雪覆千里。
我心如松柏，君情复何似？

果欲结金兰，但看松柏林。
经霜不堕地，岁寒无异心。

这一组《子夜四时歌》涵盖四季，现存七十五首，其中《冬歌》有十七首。

请看这两首《冬歌》中的松柏。“渊冰厚三尺，素雪覆千里”，冰冻三尺，雪覆千里，绝非一日之寒。子夜的姑娘，孤单地行走在茫茫风雪中。她从哪里来？她到哪里去？她心里在想着什么？

道路旁有松柏挺立，它们“经霜不堕地，岁寒无异心”，头顶冰花，枝叶苍劲，霜雪再大也不怕，没有什么东西可以让它们有所动摇。团团簇簇的白雪，透出根根尖细又青翠的松针。

“我心如松柏，君情复何似？”姑娘的心中仿佛有委屈，更有始终如一的坚持。“果欲结金兰，但看松柏林”，阿郎，你应该像这松柏一样顶天立地，拥有松柏般的本心。你若是苍松，我就是劲柏，在这渊冰素雪的时节，我们有一个无比热情的约会……

大唐有隐士，明月松间照

几百年过去了，历史的车轮驶入大唐。此时，松柏依然是诗人们歌咏的对象。除了不畏严寒、本性如一之外，松柏的另一种气质，也被诗人们“挖掘”出来，那就是隐逸。

松柏大多生长在人迹罕至的深山密林，它们天然就是隐士的朋友。我们不妨看看“大唐第一隐士”王维笔下的松柏：

山居秋暝

唐　王维

空山新雨后，天气晚来秋。
明月松间照，清泉石上流。
竹喧归浣女，莲动下渔舟。
随意春芳歇，王孙自可留。

辋川（在今陕西蓝田）的秋天，岁月静好。“明月松间照，清泉石上流”，松树林里，摩诘居士脚踏青苔和松针，凝视斑驳枝叶间的明月，倾听耳畔泉水的叮咚声。

过香积寺

唐　王维

不知香积寺，数里入云峰。
古木无人径，深山何处钟。
泉声咽危石，日色冷青松。
薄暮空潭曲，安禅制毒龙。

终南山里有一座香积寺。香积寺，多么美妙的名字，如果不是香火旺盛，怎会有香积景象。“古木无人径”，深山小径边是怎样的古木？是“日色冷青松”。

酬张少府

唐　王维

晚年唯好静，万事不关心。
自顾无长策，空知返旧林。
松风吹解带，山月照弹琴。
君问穷通理，渔歌入浦深。

“晚年唯好静，万事不关心”，晚年的王维，更加一心归隐。“自顾无长策，空知返旧林”，我并没有什么雄才大略、神机妙算，唯一向往的，就是回到我的辋川别业，回到我钟爱的那片松树林。“松风吹解带，山月照弹琴”，我有松风、山涛、冷月、古琴，不用一分钱买。

大雪诗话

最美的冬天，要有绿竹，要有白雪

大雪是冬天的第三个节气，在每年公历 12 月 6 ~ 8 日，太阳到达黄经 255° 时。

所谓“大雪”，从字面上也很好理解：继“小雪”节气之后，天气更加寒冷，雪也越来越大、越积越多。《月令七十二候集解》中说：“大雪，十一月节。大者，盛也。至此而雪盛矣。”

我们在“小雪诗话”中讲过“岁寒三友”之松；而在“大雪诗话”里，我们来讲“岁寒三友”之竹。

断竹续竹，飞土逐宍

竹有很多种类，原产地是中国，在世界上的分布也很广。中国约有三十多属，五百多种，主要分布在南方。竹子，与中国人有着悠久、独特而紧密的联系。

竹是一种美丽而实用的植物。人类是“功利”的，美丽和实用兼而有之的事物，最容易获得青睐。竹子修长、青翠、茂盛，它的美丽自不待言。至于实用方面，竹子的用途实在太广。我们可以从许多带有“竹”字头的汉字中感知到：器具有篮子、筐子、筛子、笼子，以及竹床、竹椅、竹席、竹杖等；乐器有笛、箫、竽、笙等，甚至“管弦”的“管”字也是竹字头，因为竹天生管状而中空，最适于吹奏。此外，还有“舌尖上的竹子”，中国人可以用竹笋做出成百上千道美味的菜肴。

若论中国人使用竹器历史之悠久，我们可以看看收录在《乐府诗集》里的上古歌谣：

弹歌

断竹，续竹；
飞土，逐宍。

人之所以能成为“人”，关键是会制造工具。而从这首歌谣里，我们找到了远古人类制造工具的印迹：把竹子砍断，再接续起来，制成标枪、弓箭、弹弓。配合手中的石块、土块，用来追逐、击打飞禽走兽，从而获得食物。“宍”，就是“肉”，这里指代飞禽走兽。你看，歌者没有说“断木，续木”，而是偏偏提到了“竹”，竹在中国人生活中的地位，可见一斑。

以上这些，都与竹的生物特性有很大关联。关于竹，《辞海》里是这么写的：

竹，禾本科。多年生，有木质化长或短的地下茎。秆木质化，有明显的节，节间中空。主秆上的叶与普通叶有显著区别，通称箨，箨叶缩小而无明显的主脉；普通叶片具短柄，且与竹鞘相连处成一关节，容易从叶鞘脱落。不常开花……常见的有毛竹、刚竹、慈竹、箬竹、淡竹等。用途极广，秆可供建筑用，又可作造纸原料，或编制用具；幼芽即竹笋，为鲜美的蔬菜。有的种类可为庭院观赏植物，如紫竹。

从竹子的“名词解释”中，我们可以发现不少关键词：

——“禾本科”“木质化”。原来，竹子不是树木，而是“禾”。从本质上说，它和水稻、小麦是同一大类的，你可以说它是一种“大草”。但是，它又是多年生的，所以可以长得那么挺拔高大。

——“有明显的节，节间中空”。竹的这个特征很关键，有助于它在生存竞争中获得先机。在从笋成竹的过程中，竹的生长速度一度极快，甚至一天会“窜”高两米。这是因为，此时每一节竹子都在“拔节”，就像动车组，每一节车厢都是动力源。中空，又可以令它更加高效地长粗、长高。

——“不常开花”。竹子一般几十年、一辈子才开一次花，开花之后大概率就会死掉。而且，这种死亡不是一棵竹子，往往是整片的竹林。从另一个角度看，一整片竹林，很可能就是一棵竹子。原因在这里：我们看到的竹竿，是它的地上茎；竹子的地下茎才是关键，它们在地下“横行”，形成一个互联网络，有着很多节点，正是在这些节点上长出笋子、竹子。本质上，一片竹林就像一棵大树分出的“枝杈”，一荣俱荣，一损俱损。很多植物一生中也只开一次花，开完结籽，结束生命。从这个角度看，竹子开花看似奇特，其实也属正常。

瞻彼淇奥，绿竹猗猗

当我们说一种草木与中国人的缘分源远流长，我们总会想到《诗经》。能够在《诗经》中出现的草木，都是久经考验的。竹子，也是其中一种。

周朝时期，黄河之滨有一个卫国，大致在今天的河南省北部。国中有一条叫作淇水的河流，注入卫河，再注入黄河。淇水，是卫国人的母亲河，在《诗经·卫风》中，这条河水反复地出现；而伴随它出现的，往往是绿竹：

淇奥

诗经·国风·卫风

瞻彼淇奥。绿竹猗猗。
有匪君子，如切如磋，如琢如磨。
瑟兮僩兮，赫兮咺兮。
有匪君子，终不可谖兮。

瞻彼淇奥，绿竹青青。
有匪君子，充耳琇莹，会弁如星。
瑟兮僩兮，赫兮咺兮。
有匪君子，终不可谖兮。

瞻彼淇奥，绿竹如箦。
有匪君子，如金如锡，如圭如璧。
宽兮绰兮，猗重较兮。
善戏谑兮，不为虐兮。

这首诗一共有三段，每一段都以淇水和绿竹起兴，“瞻彼淇奥，绿竹猗猗”“瞻彼淇奥，绿竹青青”“瞻彼淇奥，绿竹如箦”，你看那缓缓流淌的淇水两岸呀，有着茂密青翠的竹林！在这小竹林边呀，有一位英俊又高雅的君子；这位君子的德行，就像经过切磋、琢磨的美玉呀；我想念这位君子呀，真是让人难以忘怀……

我们再看《诗经·卫风》中的另一首诗：

竹竿

诗经·国风·卫风

籊籊竹竿，以钓于淇。
岂不尔思？远莫致之。

泉源在左，淇水在右。
女子有行，远兄弟父母。

淇水在右，泉源在左。
巧笑之瑳，佩玉之傩。

淇水滺滺，桧楫松舟。
驾言出游，以写我忧。

这首诗的题目就是《竹竿》，真是开门见山。“籊籊竹竿，以钓于淇”，“籊籊”是又细又长的意思。用细长的竹竿，做成钓鱼竿，在缓缓流淌的淇水中钓鱼。

钓鱼，是一种静于外而动于内的活动，钓鱼人仿佛静止的雕塑，内心的活动却可以很丰富、很跳脱。“岂不尔思？远莫致之”，可惜眼下身在异乡，再也不能回淇水去钓鱼了……

“淇水滺滺，桧楫松舟。驾言出游，以写我忧。”在这里，“岁寒三友”之松与竹，毫无违和地聚到了一起。思乡情切的远嫁姑娘浮想联翩：可不可以划着小舟，还像从前一样荡漾在滺滺的淇水之上？

夜深知雪重，时闻折竹声

竹是“岁寒三友”之一。最能考验竹的，是冬天，是大雪；而最美的冬天，也应当有绿竹，有白雪。对于这个话题，白居易有发言权。

题李次云窗竹

唐　白居易

不用裁为鸣凤管，不须截作钓鱼竿。
千花百草凋零后，留向纷纷雪里看。

李次云是白居易的好友。他的庭院里，最引人注目的，就是窗边的那一簇绿竹，丛丛掩映，赏心悦目。要我说，这笔挺修长的竹子，不必用来制作笛箫，也不必截来制作鱼竿，就让它们自由自在地生长吧！

待到万木萧条的冬季，纷纷扬扬的大雪从天而降，就像无数洁白晶莹的小精灵，覆盖在万物之上，大地白茫茫一片。天地是一片雪国，但是，请看——这一簇簇的竹叶，依然勾勒出绿色的边缘；一个个突出的竹节，镶上了洁白的佩环。

还有更加美妙的一层境界：在寒冷的冬夜，你突然被冻醒，迷糊之中，你裹紧了被子，把头缩到被窝里，依然感到丝丝寒意。静谧的夜，耳畔传来窸窣的声响，若有若无；双眼虽然紧闭，却感觉到天光的明暗变化。沉沉睡意中，你没有多加理会，又昏昏地睡去。待到黎明时分醒来，你忍着寒意，披衣起身，推开窗，打开门——一个银装素裹的世界欢迎你！

雪还在静默地下。庭院的雪地上，留着小鸟的足印，就像一片片竹叶。窗边的绿竹，堆砌了太多的雪花，一阵微风，成团的雪簌簌坠地。几枝细嫩的竹竿，竟已被雪压弯、折断。因为竹纤维特有的韧性，它们即便低下了头，依然保留着优美的弧形。细细嗅来，折断的竹子，散发出特有的清香。细细回想，半夜听到的声响，是雪落的声音，是折竹的声音；半夜的天光变化，那是白雪的白。

这梦一般的场景，白居易是这样记录的：

夜雪

唐　白居易

已讶衾枕冷，复见窗户明。
夜深知雪重，时闻折竹声。

竹子轻易不会被压弯折断。能够压折竹枝的雪，一定是大雪，乃至是暴雪、雪灾。白居易在诗歌中，还曾记录了这样一场罕见的大雪：

村居苦寒

唐　白居易

八年十二月，五日雪纷纷。
竹柏皆冻死，况彼无衣民。
回观村闾间，十室八九贫。
北风利如剑，布絮不蔽身。
唯烧蒿棘火，愁坐夜待晨。
乃知大寒岁，农者尤苦辛。
顾我当此日，草堂深掩门。
褐裘覆絁被，坐卧有馀温。
幸免饥冻苦，又无垄亩勤。
念彼深可愧，自问是何人。

唐元和八年（公元813年），这一年的十二月，下了一场连续多日、非同寻常的大雪。白居易的心中充满了忧虑。“竹柏皆冻死，况彼无衣民”，竹柏无言，死生在天。但是，连“岁寒三友”中的竹子都挺不住，缺衣少食的父老乡亲们怎么可能扛得住？

当时，白居易回到老家的村子里居住，条件很一般，过着“草堂深掩门”的日子。身边的乡亲们，日子过得更艰难。“回观村闾间，十室八九贫”，他们哪有什么像样的冬衣和棉被，不过是在火塘里烧着四处捡来的柴火、牛粪，抄着手，哆哆嗦嗦熬过漫漫冬夜。

白居易反观自己还有丝绵被子盖，被窝里还有一点热乎气儿；平时不用下地劳动，也不用担心庄稼的收成。“念彼深可愧，自问是何人”，想到乡亲们，诗人深感惭愧，自问何德何能，就能衣食无忧地过日子？

我们曾在“芒种诗话”中讲过白居易的《观刈麦》，当他看着老百姓汗流浃背割麦子、妇人家捡麦穗时，也是“念此私自愧，尽日不能忘”。总能想到百姓，总是知冷知热，总在反躬自问，这在封建士大夫中是难能可贵的。唯愿诗人笔下的绿竹，是冬日大雪中的最美风景；惟愿瑞雪兆丰年，不要暴虐成灾，不要为难这猗猗绿竹和黎民百姓。

冬至诗话

雪夜烹茶，不枉人间百年

冬至是冬天的第四个节气，在每年公历 12 月 21 ～ 23 日，太阳到达黄经 270°时。《月令七十二候集解》中说：“冬至十一月中。终藏之气至此而极也。”“冬至”的“至”，不是说冬天“来了”，而是说冬天已经达到了“极致”。冬至这一天，天气寒冷，太阳直射南回归线，北半球的白昼最短、黑夜最长。

冬至，总是令人联想到寒冷和黑夜。这个时候，人们更加渴求身体的温暖和心灵的慰藉。冬至时节，雪夜烹茶，当是一幅无比美妙的场景。

茶者，南方之嘉木也

要讲茶，我们先讲一个人——唐人陆羽（733—804年）。陆羽是孤儿，年幼时被复州竟陵（今湖北天门）的龙盖寺智积禅师收养。长大成人后，这个孩子自取名为陆羽，字鸿渐。

据史料记载，陆羽长得丑，还有口吃，但他是一个天才。陆羽不愿一辈子守着青灯古佛，长大后便离开寺院，四处游历，做过很多事情，还曾在戏班子里扮演丑角。后来，他在苕溪（今浙江湖州）隐居，与颜真卿、诗僧皎然等名士来往。陆羽是一个兴趣爱好广泛的人，写过不少书，涉猎面很广，但流传最广、影响最深远的是《茶经》。

陆羽和他的《茶经》，开创了人类饮茶的新纪元。如果没有陆羽，茶和人类的关系也许完全是另外一种局面。后来，陆羽被尊奉为“茶圣”“茶神”。

《茶经》这么重要、这么厉害，应该是一部皇皇巨著吧？其实并不是。《茶经》很简约，只有三卷十篇七千多字，却把关于茶的一切讲述得明明白白。

首先，人人都想知道茶的来历。《茶经》首篇《一之源》写道：“茶者，南方之嘉木也，一尺二尺，乃至数十尺。其巴山峡川有两人合抱者，伐而掇之，其树如瓜芦，叶如栀子，花如白蔷薇，实如栟榈，蒂如丁香，根如胡桃。”

《辞海》中对茶的定义是：茶，植物名。亦称“茗”。山茶科。常绿灌木。叶革质……秋末开花……中国中部至东南部和西南部广泛栽培；印度等国亦产。喜湿润气候和微酸性土壤，耐阴性强。……叶含咖啡碱、茶碱、鞣酸、挥发油等。

《茶经》的描述很有文学的美感,《辞海》的表述则体现了科学的严谨。不过，它们都有一个共识：茶，起源于中国。大量的古典文献、科学研究和实地考察都证明，茶起源于中国西南地区的云南、贵州、四川一带。“茶者，南方之嘉木也，一尺二尺，乃至数十尺。其巴山峡川有两人合抱者”，时至今日，在中国的西南地区，依然有不少古老的野生茶树，它们高大粗壮，枝繁叶茂。茶本是典型的乔木，直到它被广泛移栽到更北的江南、江淮等地，为了适应环境，才演变出了不到一人高的“常绿灌木”品类。

关于茶的习性,《茶经》上也说得很清楚:“其地，上者生烂石，中者生砾壤，下者生黄土。凡艺而不实，植而罕茂，法如种瓜，三岁可采。野者上，园者次；阳崖阴林，紫者上，绿者次；笋者上，芽者次；叶卷上，叶舒次。阴山坡谷者，不堪采掇，性凝滞，结瘕疾。”可见，它喜欢生长在有些砾石、不那么“肥沃”的土壤中；种植的方法像种瓜一样，种后三年即可采摘。野生茶比栽培茶好，生长在向阳的山坡上被树荫遮蔽的茶叶，紫色的比绿色的好；嫩芽长得像竹笋一样粗壮的，比长得细瘦的好；卷曲的嫩叶比舒展的叶片好，生长在背阴山坡或山谷的，最好不要采摘，这种茶叶性凝滞，喝了以后会导致腹胀。

可以想见，人类一定是尝遍百草，才选定茶叶作为主流饮品的。茶能够脱颖而出，关键就在于它的特性。《茶经》中说:“茶之为用，味至寒，为饮最宜精行俭德之人。若热渴、凝闷、脑疼、目涩、四肢乏、百节不舒，聊四五啜，与醍醐、甘露抗衡也。”这可真是：饮茶一时爽，一直饮茶一直爽。

图例
汉代茶叶主要产区
唐代茶叶主要产区
明、清代茶叶主要产区
现今茶叶分布
茶树栽培区划
I 南方最适宜茶树栽培区
II 江南适宜茶树栽培区
III 淮南次适宜茶树栽培区
IV 汉江谷地茶树尚能栽培区
茶树不能栽培区

中国饮料作物资源——茶分布图

柴门反关无俗客，纱帽笼头自煎吃

茶风日盛的唐宋时期，正是中华古典文化的巅峰之时。吃茶、爱茶的诗人们，毫不掩饰对茶的痴迷：

走笔谢孟谏议寄新茶

唐　卢仝

日高丈五睡正浓，军将打门惊周公。
口云谏议送书信，白绢斜封三道印。
开缄宛见谏议面，手阅月团三百片。
闻道新年入山里，蛰虫惊动春风起。
天子须尝阳羡茶，百草不敢先开花。
仁风暗结珠琲瓃，先春抽出黄金芽。
摘鲜焙芳旋封裹，至精至好且不奢。
至尊之余合王公，何事便到山人家。
柴门反关无俗客，纱帽笼头自煎吃。
碧云引风吹不断，白花浮光凝碗面。
一碗喉吻润，两碗破孤闷。
三碗搜枯肠，唯有文字五千卷。
四碗发轻汗，平生不平事，尽向毛孔散。
五碗肌骨清，六碗通仙灵。
七碗吃不得也，唯觉两腋习习清风生。
蓬莱山，在何处？
玉川子，乘此清风欲归去。
山上群仙司下土，地位清高隔风雨。
安得知百万亿苍生命，堕在巅崖受辛苦！
便为谏议问苍生，到头还得苏息否？

某年某月的某一天，太阳已高高升起，卢仝午睡正浓，突然有军士急匆匆打门，惊醒了梦中人。何事如此惊慌？原来，是诗人的好朋友孟谏议（姓孟，谏议是官职）送来“快递”。拆“快递”，向来是一件愉快的事情。卢仝拆开一看，收获了大惊喜、大满足，竟然是三百片圆圆的茶饼。他不禁感慨，这样好的“阳羡茶”，本应是送给天子和王公的，我是积了什么德，能够有这样的好福气？

事不宜迟，那就开始煎茶吧！“柴门反关无俗客，纱帽笼头自煎吃”，诗人戴着居家的纱帽，把柴门一关，自顾自地煎茶。

接下来，是全诗的高潮：“一碗喉吻润，两碗破孤闷。三碗搜枯肠，唯有文字五千卷。四碗发轻汗，平生不平事，尽向毛孔散。五碗肌骨清，六碗通仙灵。七碗吃不得也，唯觉两腋习习清风生。”

第一碗滋润喉咙，喝到第七碗却快要羽化成仙。吃茶吃到这个境界，就是“茶痴”。

卢仝吃茶从第一碗写到第七碗，而另一位诗人元稹，则写了一首别致的“宝塔诗”，共有七行：

一七令·茶

唐　元稹

茶。
香叶，嫩芽。
慕诗客，爱僧家。
碾雕白玉，罗织红纱。
铫煎黄蕊色，碗转曲尘花。
夜后邀陪明月，晨前独对朝霞。
洗尽古今人不倦，将知醉后岂堪夸。

“碾雕白玉，罗织红纱。铫煎黄蕊色，

碗转曲尘花。”这些诗句把烹茶的器具、流程都交代得相当明白。

元稹的好朋友白居易，也是一位资深茶客，几乎天天与茶为伴。他在《闲眠》中写道：“暖床斜卧日曛腰，一觉闲眠百病销。尽日一餐茶两碗，更无所要到明朝。”睡觉与喝茶，是最好的养生；他又在《食后》中写道：“食罢一觉睡，起来两瓯茶。举头看日影，已复西南斜。”简单闲适，生活虽平凡但也幸福。

苏轼点茶：从来佳茗似佳人

我们继续讲，就讲到了苏轼。苏轼不仅懂茶、爱茶，而且“茶观”很正，他曾批评过贡茶的奢靡之风。

苏轼懂茶，请看这首诗：

汲江煎茶

宋　苏轼

活水还须活火烹，自临钓石取深清。
大瓢贮月归春瓮，小杓分江入夜瓶。
雪乳已翻煎处脚，松风忽作泻时声。
枯肠未易禁三碗，坐听荒城长短更。

在这里，苏轼讲的是汲取江水煎茶。江水并不是随随便便就能取，而是要到江心，水流湍急而深的地方。这里所取的水，堪称“活水”。“活水还须活火烹”，烧水的火源也很有讲究，不能是稻麦的秸秆，不能是老旧的家具、车轮等，甚至不能是松柏等多油膏的木材，必须是木炭或者桑、槐、桐、枥等木材。瓶中的水，要煮到刚好冒出“鱼眼”“蟹眼”形状的泡泡。

此时，你还需要一套“建盏”，这是一种有着油滴状斑纹的黑瓷茶盏——宋人的最爱。沸水冲入建盏，盏中的末茶翻滚，煎茶人用精致的竹帚急速旋转，令茶沫色如白乳、状如雪花——这个过程，叫作“点茶”。点茶的最高境界，是“雪乳已翻煎处脚，松风忽作泻时声”。

苏轼爱茶，请看这首诗：

次韵曹辅寄壑源试焙新芽

宋　苏轼

仙山灵草湿行云，洗遍香肌粉未匀。
明月来投玉川子，清风吹破武林春。
要知玉雪心肠好，不是膏油首面新。
戏作小诗君勿笑，从来佳茗似佳人。

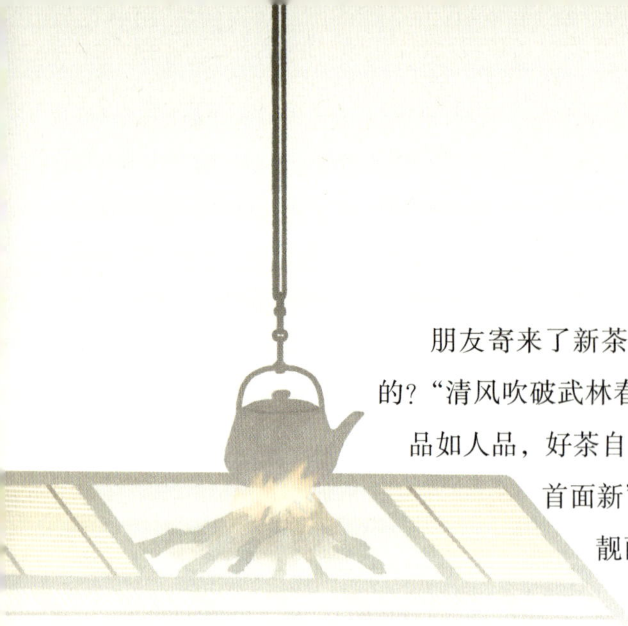

朋友寄来了新茶，苏轼喜不自禁。他喜爱的茶是什么样子的？“清风吹破武林春”，“武林”即杭州，此地山水产好茶；茶品如人品，好茶自当清新脱俗。“要知玉雪心肠好，不是膏油首面新”，诗人以美女喻茶，认为其不仅外表光鲜靓丽，更有着冰清玉洁的本质。“从来佳茗似佳人”，美好的佳茗，就像兰心蕙质的佳人一般令人沉醉。

闲来松间坐，看煮松上雪

说了这么多，我们还要专门讲讲：为什么寒冬时节最宜烹茶品茗？《茶经》上说：“夏兴冬废，非饮也。”夏天喝茶，到了冬天怕冷、嫌麻烦，不喝了，这样则属于饮用不当。

冬日宜饮茶，其实很好理解。冬天寒冷，人们的身体和心情都容易萎靡不振，这个时候，热腾腾的茶饮既能温暖你的胃，又能提神醒脑；况且，饮茶为雅事，三五好友，三两点心，一壶好茶，足以负暄琐话，或者雪夜剧谈。

寒冷的冬日，可以煮雪烹茶。晚唐诗人皮日休和陆龟蒙有过一组茶诗唱和，这是其中的一首：

奉和袭美茶具十咏·煮茶

唐　陆龟蒙

闲来松间坐，看煮松上雪。
时于浪花里，并下蓝英末。
倾馀精爽健，忽似氛埃灭。
不合别观书，但宜窥玉札。

“闲来松间坐，看煮松上雪。”松是岁寒三友之一。大雪纷飞的时节，不畏严寒，约上好友，带上小童，来到松间亭下，摆出一整套烹茶“组合装”。按照《茶经》的记载，这套装备包括风炉、筥、炭挝、火筴、鍑、交床、夹、纸囊、碾（拂末）、罗合、则、夹水方、漉水囊、瓢、竹筴、鹾簋（揭）、熟盂、碗、畚、札、涤方、渣方、巾、具列、都篮……万事俱备，只欠好水，纷纷扬扬的大雪正可以成为人间的琼浆。

寒冷的冬日，大雪本身就在滋养着茶树。对此，陆游有发言权。陆游曾在贡茶产区建安当过十年茶官。他还与长居此地的朱熹成了好友，互相赠茶、一同品茶。

陆游也懂茶，并洞悉茶的秘密：

建安雪

宋　陆游

建溪官茶天下绝，香味欲全须小雪。
雪飞一片茶不忧，何况蔽空如舞鸥。
银瓶铜碾春风里，不枉年来行万里。
从渠荔子腴玉肤，自古难兼熊掌鱼。

建安（今福建建瓯）地处中国东南，纬度较低，本来不该有什么霜雪。然而，因为武夷山区海拔高的缘故，建安山中几乎年年下雪。事实上，茶农和茶官们都盼着下雪，雪不会令茶树凋萎，不会影响茶树的生长。适量的积雪和降温有助于杀灭越冬的部分害虫，所谓“瑞雪兆丰年”，对茶树而言也是如此。这就是“建溪官茶天下绝，香味欲全须小雪”。大家都希望这雪下得大些、再大些，“雪飞一片茶不忧，何况蔽空如舞鸥”，雪花最好如同成群白鸥飞舞，蔽空遮日。这首诗盛赞武夷茶，名以咏雪，实为咏茶。

陆游还知道，煎茶的最高境界，正是雪后：

雪后煎茶

宋　陆游

雪液清甘涨井泉，
自携茶灶就烹煎。
一毫无复关心事，
不枉人间住百年。

冬夜的一场大雪，悄悄地为深井和泉眼带来新鲜水源。井栏泉边，安放茶灶，世事丝毫不放心中，整个人沉浸在茶的世界里。这样的意境，不禁令人回想起卢仝的诗句：“柴门反关无俗客，纱帽笼头自煎吃。”诗意与茶意，本就是相通的啊！

小寒诗话

与萝卜青菜来一次温暖相遇

小寒是冬天的第五个节气，在每年公历 1 月 5 ～ 7 日，太阳到达黄经 285° 时。《月令七十二候集解》中说：“小寒，十二月节。月初寒尚小，故云，月半则大矣。”小寒，可不要小看这个“小”字，此时正值“三九”前后，中国大部分地区开始进入最严寒的时候。

小寒时节，人们最渴望的，是能吃上一口新鲜蔬菜。这个时节，你若到江南农村去，在小桥流水旁，在宅前屋后，总会看到一个个小菜园，种着一畦畦碧绿的“上海青”；萝卜则顶着茂盛的、锯齿状的绿叶，丰腴的块状根一半掩埋在土壤里，一半斜倚在地面上。菜园的主人，享受着充分的“蔬菜自由”，只要在开饭前半小时到园子里兜一圈，餐桌上的事情就搞定了。而在北方，人们则会储存或者腌制白菜和萝卜。

人们常说，“萝卜青菜，各有所爱”，可见它们的家常程度。萝卜与青菜，虽然外貌有差异，但其实是“血缘”相近的亲戚。萝卜属于十字花科萝卜属，青菜则属于十字花科芸薹属。

小寒时节，我们就以萝卜、青菜为主角，讲讲古诗文里的冬日菜蔬。

风物一

萝卜

说到萝卜与诗歌，我们先请出“首席美食家”苏东坡：

撷菜

宋　苏轼

秋来霜露满东园，
芦菔生儿芥有孙。
我与何曾同一饱，
不知何苦食鸡豚。

《撷菜》，就是摘菜，这是多么日常的生活，也被苏东坡写成了诗。关于这首诗，有一个典故：苏东坡晚年的时候，被贬到岭南惠州。当时的他穷困落魄，不要说肉，就连吃菜都成问题。在惠州，虽然可以“日啖荔枝三百颗”，但显然荔枝不能当菜吃。当地有位好心的官员，将自己的半亩地送给苏东坡耕种。在黄州（今湖北黄冈）为官时，种地已经成了苏东坡的熟练技能。他种了什么呢？种了芦菔（萝卜）和芥菜。“秋来霜露满东园，芦菔生儿芥有孙”，秋冬季节虽然有霜露，但萝卜长势一片良好，好像繁殖了子子孙孙似的。

“我与何曾同一饱，不知何苦食鸡豚”，何曾，是西晋时期的王公贵族，日日膏粱厚味，却总是抱怨没啥可吃的。同样是一饱，我吃菜，他吃肉，我吃出了滋味，他吃了个寂寞——这是苏东坡独有的诙谐与洒脱。

萝卜有很多品种，大小、形状、皮色、瓤色都各不相同，味道辛辣中带着甘甜，有的适合生食，有的适合熟食。关于萝卜的食用方法，足以写一本书。而在冬天食用的萝卜，多是青

白皮而白瓤，体形硕大。你将它从地里拔出来，只见根须上沾着些许泥土，带着大地的芬芳。仅此一举，就很“治愈”。

“冬吃萝卜夏吃姜”“冬天萝卜赛人参”，在各类民间俗语里，冬日萝卜的地位总是不低。萝卜虽为蔬菜，但滋味却以丰厚著称。冬日里，来一碗萝卜烧肉，你会感觉萝卜似乎更有肉香；即便单单是红烧萝卜，其色香味也堪比红烧肉；用萝卜炖小排、炖羊肉、炖鲫鱼，烧出的汤也是极美味的。

“芦菔生儿芥有孙”，苏东坡的一句诗，点出了这些蔬菜生生不息的强盛生命力。近现代漫画家丰子恺的《护生画集》中有一幅画，也以这句诗为题，他想表达的，是护生和素食的理念。

风物二

青菜

说完萝卜，我们说青菜。

青菜所属的十字花科芸薹属，是各类叶菜的“大本营”。我们所熟悉的，就有小青菜、大白菜、娃娃菜、油菜苔、塔菜等。

关于塔菜，南宋诗人范成大有诗：

冬日田园杂兴（其七）

宋　范成大

拨雪挑来踏地菘，
味如蜜藕更肥醲。
朱门肉食无风味，
只作寻常菜把供。

《四时田园杂兴》，我们已经多次讲到过。这组诗记录了众多时令风物，是一部融汇农事、文学和民俗的宝贵文献。

这首诗中提到的“踏地菘”，就是我们今天所说的“塔菜”“塌棵菜”。塔菜，叶片整整齐齐地向上堆叠，状如一座宝塔；跟其他芸薹属绿叶菜相比，它的叶片尤其油绿，绿到发黑发亮的地步。在我的皖东老家，人们把它叫作“黑菜”，正好与“白菜”对应。

“拨雪挑来踏地菘”，长江流域的冬天不常下雪，即便下雪，大多也是刚好掩盖地面的程度。雪后初晴，拿着小篮子、小铲子，轻松愉快地步入小菜园，只见棵棵塔菜头顶晶莹的白雪，显得愈发精神。挥动小铲，白雪簌簌而下，塔菜塔菜，都到我的篮中来。古代没有冰箱，雪地就是大自然的冰箱。

刚铲下的塔菜，用冷冽的河水、井水浣洗，摘弄完毕。农家土灶头，柴火在炉膛里燃烧，大铁锅里的油热了，“哧”地一声，塔菜下锅，可以清炒，亦可搭配冬笋，几番翻炒，出锅，热气腾腾；烫好的黄酒，呷上一小口；举箸，搛起塔菜，送入口中，嗯……真是“味如蜜藕更肥醲”，滋味悠长，清脆甘甜。

“朱门肉食无风味，只作寻常菜把供”，朱门酒肉，有什么可羡慕的？吃多了酒肉，脂肪肝、高血脂、高血糖全来了，哪有我们的农家野菜好？

冬日的绿叶蔬菜中，比塔菜更加普及的，是小青菜，又称“上海青”“瓢儿白”。小青菜，可以清炒，不用炒得太老，保留一份鲜绿和脆嫩。清朝文学家、美食家袁枚在《随园食单》中说，“炒荤菜用素油，炒素菜用荤油”，此话不假，最适宜用来炒青菜的，是猪油渣。在过去的岁月里，冬日杀年猪后，人们习惯用肥猪肉炼油，猪油渣与霜雪后的青菜是绝配。小青菜，还可以用来烧咸肉菜饭：咸肉丁、香肠丁、碎青菜与大米，在农家柴火灶里经过一番奇妙之旅，成为一锅热气腾腾、香气扑鼻的菜饭。

说到这里，我们来看看宋朝诗人刘子翚的一组《园蔬十咏》：

园蔬十咏

宋　刘子翚

其六 菘
周郎爱晚菘，对客蒙称赏。
今晨喜荐新，小嚼冰霜响。

其九 萝卜
密壤深根蒂，风霜已饱经。
如何纯白质，近蒂染微青。

刘子翚是一位有造诣的学者，大理学家朱熹的老师。理学家不代表不食人间烟火，他的这一组小诗清新自然，把青菜萝卜的特质讲得明明白白：

“今晨喜荐新，小嚼冰霜响”，今天早上，老妻新摘自家菜园种的青菜，吃起来清脆爽口嘎嘣响，如冰雪美味，又是元气满满的一天呢！

“密壤深根蒂，风霜已饱经”，冬日菜园踱步，看见一畦萝卜，它们一个个深植大地、头顶蓝天，虽然饱经风霜，却浑身洁白如玉、叶子青翠欲滴——菜犹如此，我们有什么理由不努力呢？

风物三

冬笋

前面讲到，塔菜和冬笋是冬日里的美味珍馐。塔菜已经有了，那么冬笋呢？

从宗伟乞冬笋山药

宋　范成大

竹坞拨沙犀顶锐，
药畦粘土玉肌丰。
裹芽束缊能分似，
政及莱芜甑釜空。

范成大说：冬笋必须有。这不，他跟朋友宗伟要来了冬笋和山药。笋，是好笋。何以见得？“竹坞拨沙犀顶锐”，在竹林里仔细寻觅，看到某处沙土微微隆起，赶紧用锄头小心拨去浮土，果然露出犀牛角一样的笋尖。“药畦粘土玉肌丰”，山药也很不错，虽然还黏着泥土，但已经可见冰清玉洁、丰腴饱满的“肌肤”。

好笋知时节，当冬乃发生。就连剥笋，都是一种享受，就像一层层开盲盒。剥洗完毕，将笋子焯水，切成笋片、笋丝，与塔菜清炒，清脆爽口，真是人间至味！

谢宜春宰黄时举惠冬笋二首

宋　曾几

其一
此君老去犹停雪，稚子生来亦耐寒。
记得长蔬山谷老，三珍错落粲同盘。

其二

竹底春从雪底归，烦君抱送玉婴儿。
白头无复迎船喜，只供江鱼作许悲。

曾几是陆游的老师。他是赣州人，而他受赠的笋子，则来自宜春。赣州和宜春，都在今天的江西省，都是出好笋的地方。

“此君老去犹停雪，稚子生来亦耐寒”，曾几果然是懂笋的，笋生长的季节就在寒冬，幼笋生来就很耐寒；不要等到冰消雪融时再去挖笋，那时已经是又老又苦啦。“竹底春从雪底归，烦君抱送玉婴儿”，黄时举给我送来的生鲜笋子，白白胖胖嫩嫩，就像小娃娃，真是越看越喜欢！

小寒时节，天气一定是寒冷的，但是，中国人有萝卜、青菜和冬笋相伴，胃是温暖的，心也是温暖的。

大寒诗话

新『岁寒三友』，它们是谁？

大寒是二十四节气中最后一个节气。大寒在每年公历 1 月 20 ~ 21 日，太阳到达黄经 300° 时。

所谓大寒，从字面上就能看出来，此时天气冷到了极点。“寒气之逆极，故谓大寒。”不过，中国人常说“否极泰来”，大寒是最冷的时候，却也包含了来年的勃勃生机——春天，还会远吗？

大寒时节，多数草木都已凋零。此时，能够凌寒傲雪的，都是真的勇士。中国人非常钦佩“岁寒三友”松、竹、梅，就是因为它们的这种气质。其实，“岁寒三友”也还有一些不怕冷的同道，堪称新“岁寒三友”。

风物一

蜡梅

寒冬腊月，清晨或是黄昏，漫步公园，忽然闻得一股幽香。循香而去，只见朵朵鹅黄色的蜡梅已经开满枝头。小小的蜡梅花，真像涂了一层薄而均匀的蜡，有一种螺钿般的半透明光泽。

大寒时节，正是蜡梅盛放的季节。说到这种植物，我们首先要科普几件事：

第一，它叫“蜡梅”还是“腊梅”？规范地讲，应当写作“蜡梅”，它是蜡梅科蜡梅属的植物。不过，写作“腊梅”的情况也很多。所谓“蜡梅”，是从形态上讲，指它的花瓣明黄，半透明而有光泽，仿佛打了一层蜜蜡在上面；而所谓“腊梅”，是从时令上讲，指它在寒冬腊月开放。

第二，蜡梅是梅花吗？蜡梅真的不是梅花，而且基本没有亲缘关系。蜡梅是蜡梅科蜡梅属的植物；而梅花，则是蔷薇科杏属的植物——梅花跟杏花，才是真正的“姊妹花”。我想，古代人给蜡梅冠以一个“梅”字，主要还是因为蜡梅与梅花的花期相近、花形相似。说到花期，其实蜡梅开花更早，一般在大寒节气前后；梅花的花期略晚，一般在立春前后。要说忍冬耐寒，也许蜡梅更胜一筹。

第三，蜡梅只在冬天开花吗？也不尽然。我们常见的蜡梅品种，如磬口蜡梅、素心蜡梅、狗牙蜡梅，等等，都在冬天开放。不过，还有一个品种叫夏蜡梅，原产中国东部，属于蜡梅科夏蜡梅属，花朵大而美丽，花色洁白素雅。顾名思义，夏蜡梅在夏天开花。

科普了这么多，我们来读诗吧：

好事近·蜡梅（四首）

宋　赵士暕

其一

雪里晓寒浓，已见蜡梅初折。
应是月娥仙桂，与娇魂香魄。

玉人挨鬓一枝斜，不忍更多摘。
酒面暗沉疏影，照鹅儿颜色。

其二

潇洒点疏丛，浑似蜜房雕刻。
不爱艳妆浓粉，借娇黄一拂。

有情常恁早相逢，须信做尤物。
已是恼人风韵，更芝兰香骨。

其三

造化有深功，缀就梢头黄蜡。
剪刻翻成新样，与江梅殊别。

半开微露紫檀心，潇洒对风月。
素手偏宜折取，向乌云斜插。

其四

剪蜡缀寒条，标韵自然奇绝。
不待陇头春信，喜一枝先折。

寿阳妆鉴晓初开，残杮若飞雪。
何似嫩黄新蕊，映眉心娇月。

这组词一气呵成，写尽了蜡梅的特征与气质：

一是告诉我们蜡梅开放的时令。“雪里晓寒浓，已见蜡梅初折”“不待陇头春信，喜一枝先折”，蜡梅就是寒冬里的一枝奇葩啊！

二是告诉我们蜡梅独特的美。“酒面暗沉疏影，照鹅儿颜色”“造化有深功，缀就梢头黄蜡”“何似嫩黄新蕊，映眉心娇月”，你见过小鹅、小鸭子的颜色吗？这种淡淡、嫩嫩的黄，最贴切的形容就是“鹅黄”。“半开微露紫檀心，潇洒对风月”，这分明说的是那种花朵蜡黄、花心红紫的蜡梅。

三是告诉我们蜡梅的馨香。“已是恼人风韵，更芝兰香骨”，素美是那般素美，更有暗香袭来。

赵士暕的这组词名为咏梅，实为写人。想象奇绝，品格高雅。

风物二

山茶

说完蜡梅，我们说山茶。

蜡梅不是梅，那么山茶是茶吗？这里可以明确答复：山茶和茶树，乃至油茶、茶梅这些带“茶”字的植物，都是山茶科山茶属的植物，算是同胞兄弟姐妹。它们之间的差别，主要在于形态和功用：茶树主要被人类栽培用来采集茶叶，人们很少关注它的花和果实；油茶，果实可以用来榨油，茶油是一种优质的食用油；山茶、茶梅，都在冬季开花，且花色美艳，人们的关注点在花上。

按说，冬季开花的植物，为了防止冻伤和节省“体力”，应该把花朵安排得小小的，把叶子落得光光的，蜡梅、梅花都是如此。山茶偏不，它的花冠硕大，花瓣多而繁复，花色火红或粉红，花期也很长，可以持续三四个月。山茶还是常绿植物，它的叶子在冬日尤其绿，与朵朵红花相映成趣。红花绿叶与白雪映衬，更是分外抢眼。因为这些特性，山茶还有很多别名，例如“耐冬”“冷胭脂”“雪里娇”“赤玉环”等。

总之，山茶就是一种极尽绚烂、雍容华贵的花卉，怎么高调怎么来。要我说，它就是不折不扣的“冬牡丹”。

很多人都喜欢山茶，包括大诗人苏轼：

邵伯梵行寺山茶

宋　苏轼

山茶相对阿谁栽，
细雨无人我独来。
说似与君君不会，
灿红如火雪中开。

邵伯湖位于扬州段大运河西侧，千百年来，它见惯了南来北往的旅人。邵伯湖畔，有一座梵行寺。这一年的深冬，苏东坡经过此地。那一天，天色阴沉，彤云密布，细雨霏霏，转而小雪簌簌。寺中寂寥无人，东坡一人，独对一株老树山茶。看着盛放如火的繁花，苏轼陷入了沉思：这株山茶，当年是谁栽种在这里？它经历过多少次岁月轮回？曾有多少人在这山茶前伫立，他们又有着怎样的人生和故事……东坡思绪万千，山茶不语，独自美丽。

其实，岂止是在梵行寺，冬日里的长江南北，人们总是能在这里或那里，见到一簇簇“灿红如火雪中开”的山茶。这些灿红的花朵，掩映在飞舞的雪片之中，美艳而浓烈。它们金黄色的花蕊灼灼耀目，墨绿色的叶子在雨雪中显得愈发精神。

风物三

水仙

冬天的时候，很多人喜欢养一盆水仙。水仙，顾名思义，状如凌波仙子。有人以为水仙这辈子都只需要水，不需要土，这是错的。水仙大部分时间都长在地里，只是在进入开花前的最后环节，它已经不需要土壤，只需要一盆清水。供养花朵的营养，全部来自球状的鳞茎。

说起这个鳞茎，也很有意思。很多百合科（如大蒜、洋葱、百合、郁金香）、石蒜科（如水仙）、风信子科（如风信子）的植物都有鳞茎，这是植物为了延续生命而储存营养的一种方式。浑圆饱满的鳞茎，看着很好吃的样子，不过，水仙的鳞茎有毒，切勿尝试。水仙的鳞茎又叫花球，技艺高超的花农可以对其进行雕刻，令水仙枝叶生长后呈现特定的形状。

前面说到山茶，我们请出了苏东坡；这里说到水仙，我们请出“苏门四学士”之一的黄庭坚：

王充道送水仙花五十支

宋　黄庭坚

凌波仙子生尘袜，
水上轻盈步微月。
是谁招此断肠魂，
种作寒花寄愁绝。
含香体素欲倾城，
山矾是弟梅是兄。
坐对真成被花恼，
出门一笑大江横。

黄庭坚当时被贬到长江边的荆州，寒冬腊月，心情更加寂寥，好在，好友王充道送来了漂亮的水仙花。

水仙，白色的花瓣、黄色的花心，冰清玉洁。如果仔细观察，你会发现，水仙花是六瓣的。难道它跟雪花约好了，要一起开出六瓣的花？

“凌波仙子生尘袜，水上轻盈步微月”，这是从曹植《洛神赋》中的“凌波微步，罗袜生尘”点化而来。“凌波微步”，不是武侠小说中的一种武功，而是形容女神体态轻盈、飘飘欲飞。水仙长在净水中，形态清新脱俗，正如凌波仙子。

“含香体素欲倾城”，也是无比贴切，清香素雅，而非浓妆艳抹，才是无上的倾城倾国容貌。

“山矾是弟梅是兄”，山矾、梅花，还有蜡梅、山茶，大家一起来吧，凡在寒冬腊月绽放的花儿，都是志同道合的兄弟。

蜡梅、山茶、水仙，这就是我眼中的新“岁寒三友”。其实，所有在岁寒时节绽放的花朵，都蕴含着春的希望，正如鲁迅在散文《雪》中所写的：

> 江南的雪，可是滋润美艳之至了；那是还在隐约着的青春的消息，是极壮健的处子的皮肤。雪野中有血红的宝珠山茶，白中隐青的单瓣梅花，深黄的磬口的蜡梅花；雪下面还有冷绿的杂草……

古诗词中的节气之美

扫码邂逅

时光知味，岁月沉香

壹 **道尽人间时节**

有声讲解

《中国诗词大会》

第四季冠军陈更倾情解读

《古诗词遇见时令风物》

全书诗词音频

贰 **看遍四季风华**

动画诠释

跟着诗人走过一年四季

叁 **邀君一决高下**

趣味测试

古诗词知识，你知道多少？